はぐれ馬借

疾風の土佐

武内　涼

集英社文庫

本書は、集英社文庫のために書き下ろされました。

はぐれ馬借

疾風の土佐

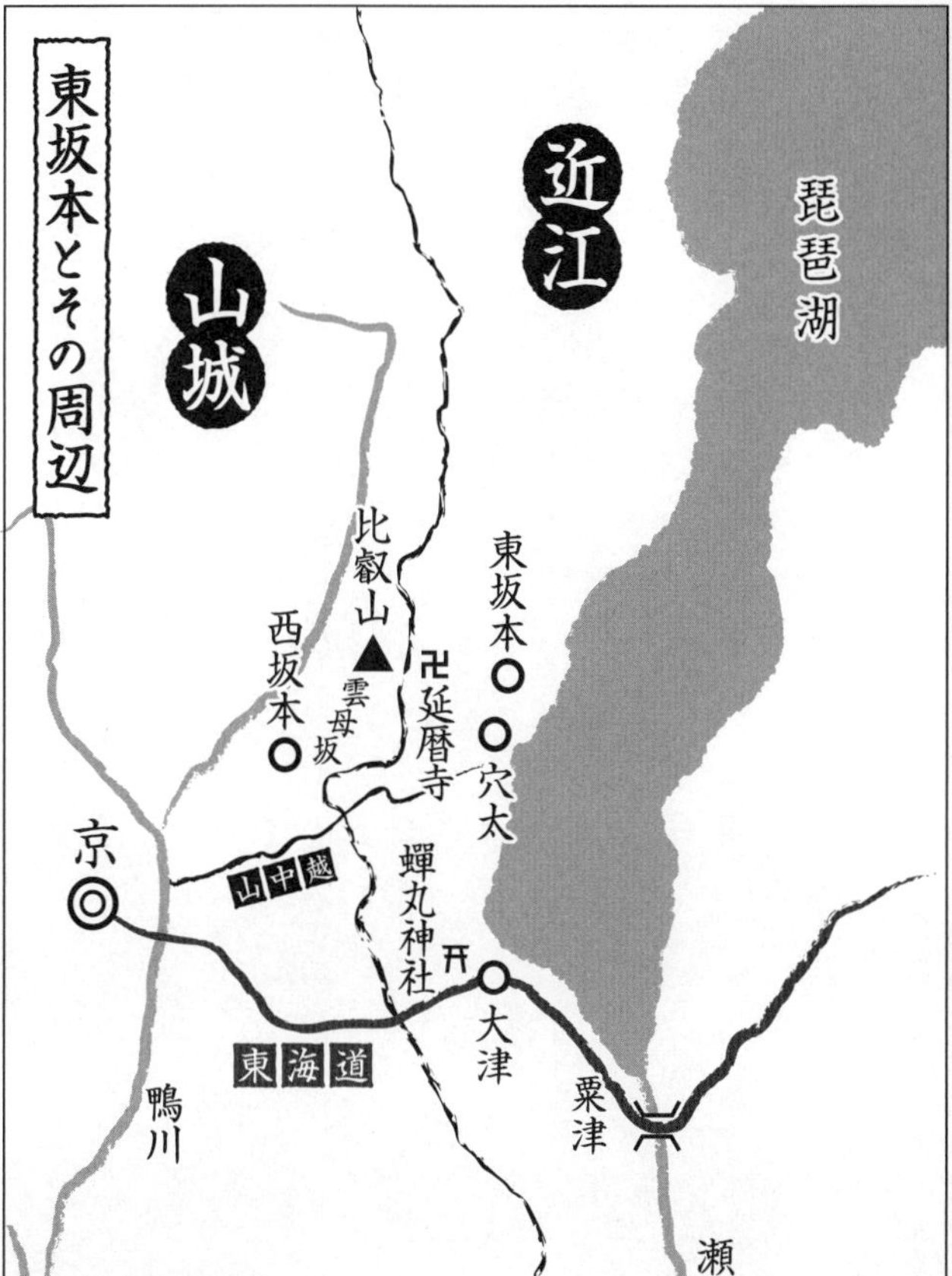
東坂本とその周辺
山城
近江
琵琶湖
比叡山
西坂本
雲母坂
延暦寺
東坂本
穴太
京
山中越
蝉丸神社
大津
東海道
粟津
鴨川
瀬田川
巨椋池

淡路
紀伊
撫養
勝瑞
阿南
那賀川
四国之図

作製＝今井秀之

壱

冷罵の炎が、若者たちの眼《まなこ》で滾《たぎ》っている。

手に手に木刀、棒を持っており、白い小袖に一様にきざまれた黒い松皮菱《まつかわびし》から、不気味な連帯感を醸している。

——荒神口《こうじんぐち》の少し手前。

山中越《やまなかごえ》を近江《おうみ》からきた茶木大夫《ちゃきだゆう》が吉田村《よしだむら》の金色《こんじき》の稲波《いななみ》の中、歩いていた時のことである。

「うぬの、荷は何や!」

荒っぽい若者が十数人、道をふさいでいた。

「坂本馬借《さかもとばしゃく》やな? 何、都にはこぶ」

少し行けば鴨川《かもがわ》で、川をわたれば洛中《らくちゅう》だ。

倅《せがれ》の平五郎《へいごろう》が、

「見た処《ところ》、所司代《しょしだい》殿の手下《てか》ではないご様子。誰殿《たれどの》の手か？」

　茶木大夫を守るように立つ。細身の青年だが、体は引きしまっていた。荒事《あらごと》を好む馬借にしては、涼しい目をしている。シダが描かれた若緑の小袖を着ていた。

　茶木大夫はこの正長《しょうちょう》元年（一四二八）八月——平五郎と三頭の馬をつれ、近江米を都で売るべく山を越えてきたのだった。

　陰暦は当代の暦の一月ほど先を行っている。八月と言っても、はや涼しい。黄金の粒をあつめたような稲穂はずっしりと垂れていて、数知れぬ赤トンボが舞っていた。東北《とうほく》院《いん》の檜皮《ひわだ》や町屋のにぎにぎしき板屋根が川向うに見えていたが、茶木大夫の左右では百姓たちが雀《すずめ》を追いながら稲刈りをしている。

「都の八木《はちぼく》屋の身内や」

　木刀を持った若者が言う。

　米という字を分けると、「八」と「木」になる。八木屋——米屋のことだ。

「おう。ならば丁度いい」

　茶木大夫は、温厚に笑んだ。

「近江の旨《うま》い米を、京の八木屋にはこぶ処じゃ」

　すると若者は手をかざし、

「その儀なら無用やで」

「無用とは……いかなることかな？」

額から顎にかけて深い刀傷がある茶木大夫は、わざと目をしばたたかせた。

「京の米は十分足りとる」

別の若者が、金色の田を指す。

「吉田村など、都の周りの村も悉《ことごと》く豊作」

百姓たちは鎌を止め、こちらを見ていた。曇りをおびた面差しだった。

木刀がこちらの馬が背負ってきた米俵をつんつんつつき、平五郎が眉根をよせる。

「そやさかい江州《ごうしゅう》米はこばれても、引き取れん」

「ここまでの道程、気の毒やが、早《は》よもどりぃ」

手が追い払うように振られる。

抗議しそうになる平五郎を茶木大夫は手で止めた。息子は普段は冷静だが、不当なことを前にすると、鋭く反論したりする。しかし、そういう尖《とが》った言葉が、こ奴《やつ》らとの話の糸口を切りかねぬことを、馬借の親方、茶木大夫は見抜いている。

腕をくみ、穏やかに、

「真《まこと》に都の米は足りとるんかの？」

「うむ。足りとる」

赤トンボが馬上の米俵に止り黒く大きな眼球をぐるぐる動かす。

「三日前に京にきた時、米が足りとらんという話をちらほら聞いたんじゃが」

「三日前やろ？　事情は変ったのや」

平五郎が、

「所司代様は、あんたらがここで京に入る米を止めておるのを、知っておるのか？」

「――おう！」

首領らしき若者が、すすみ出た。

若者が放つ気で俵に止っていた赤トンボが慌てて飛び立つ。

二十歳《はたち》ほどか。

坊主頭で、眉に刀傷があり、目付きは鋭い。中背だが鎧《よろい》の如《ごと》く荒々しい筋骨におおわれていた。彼だけが、白と黒の片身替りの小袖を着ていて、白い右半身には黒い松皮菱が浮き出、黒い左半身には同じ模様が白く染め抜かれていた。

武器はにぎっていない。だが腰には……金礫《かなつぶて》がいくつか入った袋が下がっていた。

「鞍馬《くらま》の蛇《くちなわ》法師《ほうし》ゆう者や」

眉を顰《ひそ》めた茶木大夫は引き手綱からさりげなく手を放し、懐に入った礫にふれる。

（京でもっとも悪名高い……印地《いんじ》組の首領か）

印地――室町時代の子供たち、若者たちを熱狂させた、石合戦である。印地組とは印地の抗争、弓矢の射かけ合い、木刀での殴り合いなどに興じる荒ぶる若者の群れだ。

茶木大夫は都でもっとも獰猛《どうもう》な印地組は「鞍馬組」で、その頭目は鬼法師、烏《からす》法師、蛇法師と聞いていた。

蛇法師は、言う。

「所司代がどうのこうの言うとったけどな、これ、所司代が関《かかわ》りない話や！」

甲高《かんだか》く、よく通る声だった。

「商いの話や！　京の米屋には、十分売る米があります、そやから、もどりぃやとお願いしとる。まっとうな商人《あきゅうど》の道や。なのに、もどりたくない、無理矢理売りにくる、こない言う訳か？　それの何処《どこ》がまっとうな商いなんや？　ただの押し売りと一緒やん」

「押し売りと言われたら黙っていられぬな。もし、都に米が足りていない所があるのなら——」

「そやから、ない言うとるやろ！　しつこい押し売りや。それ以上つべこべぬかすと——倒《いわ》すぞ」

蛇法師が礫が入った袋に手をかける。手下どもが一斉に、木刀や棒から、殺気を放った。

茶木大夫は厳しい面持ちで若者たちを睨《にら》みつけている。

都の方から、童《わらわ》をつれ、下女に荷を持たせた物詣《ものもうで》らしき女が、竹杖《たけづえ》をついてやってくる。蛇法師たちをみとめると不安そうに足を止めた。

後ろから、柴《しば》を牛ではこぶ男と、樽《たる》を馬に背負わせた坂本馬借の翁《おきな》がやってきた。

若者が、木刀で遮る。

「柴をはこぶ牛は通ってええ。樽の中身は、何や？　魚か？　なら通ってええぞ」

稲穂が憂いをおびて重たく頭《こうべ》を垂れる中、塩引き魚をはこぶ老馬借が、申し訳なさそうに通りすぎてゆく。

「――大事にならねばよいがな」

茶木大夫が鋭く警告すると、蛇法師は、

「山門に訴えるんか？　好きなようにすればええ」

ねっとりと不穏な妖気が混じる笑み方だった。


山中越を、近江へもどる。

山中越とは――比叡山《ひえいざん》の南にある蛇の如くうねる山道で、琵琶湖《びわこ》に面した湊《みなと》、東坂本と京をつなぐ。東坂本は叡山《えいざん》の門前町で様々な荷があつまる都の「外港」である。

東坂本から京へ、米や材木、越後《えちご》の塩引き鮭《ざけ》や衣の原料たる苧《からむし》などをはこぶべく、馬借は発展してきた。

杉や椎《しい》のひんやりした陰が差す道を怒気をにじませた二人は歩いている。

平五郎が憤りにまかせて、石を蹴る。

近江と山城《やましろ》の境に立つ地蔵の祠《ほこら》に当った。

「これ、八つ当りするな」

注意した茶木大夫も苦虫を嚙《か》み潰したような顔をしていた。

「都は到底、米が足りとらん」

平五郎が、顧みる。

「そんなことはわかっておる」

「いくら吉田村が豊作でも、到底、都中の人に届く量とは思えぬ。畿内のいくつかの国では凶作とか。飢饉《ききん》が起きている村もある」

平五郎はつづける。

「伊勢《いせ》では乱まで起きた……」

南朝の重臣、北畠 親房《きたばたけちかふさ》の曽孫《ひまご》、満雅《みつまさ》が大がかりな反乱を起しており、その後ろには、鎌倉公方《かまくらくぼう》・足利持氏《あしかがもちうじ》がいると噂《うわさ》されている。

茶木大夫は、

「うむ。——であるならば米価は上がる。連中は、米価を極限《きわみ》まで吊《つ》り上げ、ぼろ儲《もう》けしようとしておる。だから、京に入る米を止めにかかっておるのじゃ」

「そんなことをしたら餓死者が出る！」

「過去に何度も……米商人の悪巧みで、飢え死にする者が出た」

重い溜息《ためいき》をついた茶木大夫は、首を横に振った。

「人面獣心とはこのことです。ただでは、すまさんのでしょう?」

「勿論《もちろん》。山徒《さんと》に訴える」

主に金融業をいとなみ、清僧《せいそう》以上の力を持つ比叡山の実力者で、東坂本の経済界、及び都の財界の真の支配者と言ってよい。

だが、米商人の実力《ちから》も底知れぬ。山徒への訴えが何処まで功を奏すか不安に思う茶木大夫だった。

三羽のセキレイが舞い降り可憐《かれん》な囀《さえず》りをこぼしながら、馬の周りをとことこと歩いている。時折、ついばむ仕草を見せる。米粒をさがしているのかもしれない。

再び飛び上がった白と黒の鳥が宙に描くおどけた波を眺めながら、平五郎が言う。

「さっき——あいつがいたら、どうなっていたかな?」

「あいつとは?」

「獅子若《ししわか》ですよ」

「……ああ」

茶木大夫は夏の終り、山門領出入り禁止を言いわたされ、町を追われた荒ち男《あらお》を思い出す。樹々《きぎ》にせばめられた秋空をあおぎつつ、獅子若はどの天の下にいるのか、そこは晴れているか、雨が降っているか、強い風が吹いていないかと、思いを馳《は》せる。

「獅子若がおったら、蛇法師と印地になっていたかもしれません」

「獅子若が倒れたかもしれんし、蛇法師が倒れたかもしれぬ。ただ……仮に勝ったとしても、連中はもっと大勢の無頼をやとい、東坂本を襲う。なるほど、獅子若は頼もしい。だが今日に限って言えば……あの者がいないことで、穏やかにすんだのかもな」

ほろ苦く笑む茶木大夫だった。

弐

撫養《むや》の浜に立つ獅子若は荒々しい渦潮を——腕をくんで睨《にら》んでいた。

四国の入口、撫養と淡路《あわじ》島の間に、ごく狭い海峡がある。

鳴門《なると》海峡。

瀬戸内海《せとないかい》と紀伊《きい》水道の水位に違いが出る。高い方から低い方に、高速で潮《うしお》が流れ込む。

この潮が荒ぶる時、全ての船は止らざるを得ぬ。激しい潮は浜辺の穏やかな水との境に、白くとぐろを巻く大蛇《おろち》を形づくる。

渦潮だ。

飛沫《しぶき》の中に馬を数頭呑《の》み込んでしまうような——でかい、渦である。

その渦を獅子若は暗い喜びがうずく目で見ていた。

二十《はた》歳《ち》はこえまい。

身の丈、六尺強（一尺は約三十センチ）。

傷が目立つ体中で、瘤々《こぶこぶ》しい筋肉がふくれ上がっていた。

顎は太く、面差しは凜々《りり》しい。髪は長くぼさぼさだった。

獅子若は、急流と穏やかな水のあわいに生れる渦に、訳のわからぬ親近感を覚えていた。

獅子若の隣には、これまた総身に傷がある大馬が立っている。

黒い馬だ。

獅子若が撫《な》でようとするとすっと顔を離す。今は、戯れ合いたくないと、体でしめす。

ところがしばらく黙って渦潮を睨んでいると、気まずそうに顔をすりよせてくる。

——今度はかまってほしいのだ。不敵な性質《たち》の馬なのである。

その馬、鯨《くじら》は春風《はるかぜ》や佐保《さほ》がいるらしい方に面《おもて》をむける。

「鯨ぁ、みんながいる方に行きてえのか？」

獅子若が問うと、ヴハッと大きく息を吐いた。

今度はこばまないため鬣《たてがみ》をさする。

「俺がいるとよ……まとまる話もまとまんなくなる。荷の上げ下ろしとか揉《も》め事の時、俺はいた方がいい。だけどよ……仕事をまとめたりする時とかは、あいつらの方が上手《うま》くまとめてきたりする。特に姫《ひめ》は話をつけるんが上手《うめ》えから、淡路でも一仕事見つけた」

あいつらとは、はぐれ馬借《ばしゃく》衆《しゅう》のことである。

商業の時代たる室町の世——津軽《つがる》や九州、明《みん》、朝鮮の物品が京まではこばれた。遠隔地取引——たとえば九州と京の米取引——には、為替《かわせ》がつかわれる。米や塩にくわえ、銭金も馬や舟に乗り、さかんに列島を行き来する。

そうした取引の度に金融業者・土倉《どそう》や運送業者たる問丸《といまる》、馬借、車借《しゃしゃく》、船頭などが動いた。馬借には通常、東坂本や大津《おおつ》など拠点があり、大まかな縄張りが決っている。ところが遠い昔、源義経《みなもとのよしつね》から諸国往来自由、関銭《せきせん》無用の過書《かしょ》（旅券）をさずけられたはぐれ馬借衆は、人々の大切な荷を守り、国から国へ、自在に行き来しているのである。

坂本馬借を抜けた獅子若はひょんなことから、はぐれ馬借と出会い、その仲間にくわわったのである。

「あ、子安貝《こやすがい》だっ」

姫夜叉《ひめやしゃ》の声がした。十歳くらいの少女で、髪はみじかく、肌は白い。獅子若は姫と呼んでいる。

さる八月一日。堺《さかい》の町外れに広がる夜の葦原《あしはら》で、仲間にくわわった。

姫夜叉は小さな土佐《とさ》馬を一頭つれている。

ひじきに似た黒くごわごわした鬣。体色は、白っぽい。

その馬——土佐ひじきを浜辺の松につないだ姫夜叉はいそいでしゃがむ。姫夜叉の白く機敏な手は、銀色がかった砂の中から美しい子安貝を見つけ、ひろってゆく。

「名が名だけに姫様遊びかよ」

獅子若がぶっきらぼうな言葉を投げると、姫夜叉は目を丸《まろ》げ動きを止めた。

「え？」

紫色に白い水玉模様がいくつか浮いた貝が差し出される。

「知らないの？　これ、山へ持って行くと結構いい値で売れるんだよ」

「山じゃ、めずらしいからか？」

本当に知らないんだというふうに軽くのけぞった姫夜叉は、鼻に小皺《こじわ》を寄せて笑った。

「小鬼か狸《たぬき》みてえな笑い方だな」

「……女の子に言う言葉じゃないでしょ」

「ここにいたの？」

佐保が、きた。

齢《とし》は獅子若と同じくらい。長身の娘である。顔は小さく、瞳は大きい。日焼けした肌は艶やかで髪は長い。桜と紅葉《もみじ》が絞り染めされた硬く粗末な小袖を着ていた。身にまとうた侘《わび》しい衣にかかわらず、香りのよい微風と呼ぶべきものを、その佇《たたず》まいから放っている。

佐保は鹿《か》毛《げ》の南部《なんぶ》馬、春風をつれていた。

春風を引いた佐保に姫夜叉が駆け寄る。

「ねえ、子安貝が沢山落ちてるよっ」

「――本当だ」

明るい笑みを浮かべると、大きな目は黒瞳《こくどう》でいっぱいになる。普段の佐保は美しさの中に、一種の気高さ、孤高さを持っていて、時折、近より難い雰囲気すらある。だが、笑みを浮かべるとそれは一転――誰でも話しかけずにはいられない、弾むような明るさを漂わせる。獅子若はしばし見とれている。

「獅子若ったらね、子安貝がなんで山で売れるか知らないんだよ」

姫夜叉が嬉《うれ》しそうに報告する。

「え？　字を見れば、わかるじゃない」

「字とか……苦手なんでな」

獅子若は、ぼさぼさ髪をふてくされたように掻《か》く。その横で、春風と鯨が臭いをたしかめ合う。

佐保は松の小枝をひろってきて砂浜に子安貝と書いた。

「これは何という字？」

潮が騒ぐすぐ横で、獅子若は、

「子供の……子か？」

「うん。これは？」

「……………」

砂浜にしゃがむ佐保の豊かな髪が、潮風にどっとふくらみ首回りにはりつく。それを払いながら、おしえる。

「これは、何かを安んじるとか、安定、安産の安」

「はぁん」

「子安貝は安産のお守りな訳」

獅子若はがっしりした顎をさすった。

「だから山の方で売れる訳か」

「そういうこと」

佐保は、砂を落としつつ立った。

「ただ、必ず売れるって訳じゃないよ」

口をはさむ姫夜叉だった。

「塩の行商とか、魚の行商とか、山伏とか同じこと考えるからさ……」

「なるほどな。だけど、一応ひろっていこうぜ」

三人で子安貝をひろった。

こちらをむいて宝貝ともいうその貝をさがす佐保が、手を止める。

「そうそう、十阿弥《じゆうあみ》が仕事を見つけたわ」

「ほう。どんな仕事だ？」

獅子若が、訊《たず》ねる。

陸が開けた口を通る潮が、ややゆるやかになり、荒ぶる大渦がおさまりつつある。

「阿南《あなん》の方で橋が流されたの。それを直すために、勧進をつのっていた雲水《うんすい》が二人いるのね」

「坊さん二人と銭を南阿波《みなみあわ》まではこぶ？」

「そういうこと」

今、獅子若たちがいる撫養は阿波国（今の徳島県）の北側、阿南は文字通り南阿波にある。

「だけど、阿南っつったらよ、それこそ船頭にたのむんが一番楽じゃねえか？」

佐保はうなずきながら子安貝についた砂を丁寧に落とした。

「なんだけど……物騒な海賊が出るらしいの」

「海賊ねえ……」

賊が騒がすという海を睨むと、黒々とした岩が白く砕ける潮に幾度もまとわりつかれていた。

（なるほど、物騒な連中に違《ちげ》えねえが、茶木大夫に会ってなければ俺は――）

琵琶湖の湖賊になったかもしれぬと思う獅子若だった。

「阿南の次は……土佐なんでしょ？　あたいは天下に名高い勝瑞《しょうずい》の町を見られなくて残念……」

姫夜叉が、膝を掻きながら呟《つぶや》く。

四国というのは――細川《ほそかわ》家の国である。四つの国の内、三つ、讃岐《さぬき》、阿波、土佐が細川一門の領国だ。この内、讃岐、土佐は細川家の本家で室町幕府管領《かんれい》をつとめる細川京兆《けいちょう》家が治め、阿波は有力な分家、阿波守護家にまかされていた。勝瑞は阿波細川の本拠が据えられた大きな町だった。

「当分、四国にいる訳だから、勝瑞に行くこともあると思うよ」

佐保が慰めると姫夜叉は嬉しそうである。

獅子若は、母親を亡くした姫夜叉が暗く悲しそうな顔でうつむく回数が、少しずつ減っている気がした。

ふと獅子若は自分がひろった子安貝を眺める。

（本当にこんな小せえ貝に……生れてくる子と、自分の体を守る力なんてあるのかよ？）

獅子若は腰を上げる。

「よし。もう十分だろ。そろそろ行こうぜ。宿で待ってる十阿弥のために、酒でも買ってこうぜ」

姫夜叉が、すかさず、はしゃぐ。

「なら、あたいには、栗《くり》を買って！　さっき、大粒の栗が市に並んでたの、あたい見ちゃったっ」

「……どうしようかなぁ」

海と戯れていた鯨の引き手綱《たづな》をつかまえながら、獅子若は首をかしげる。春風をつかまえた佐保も、

「どうしましょうかねぇ」

「佐保姉ちゃんまで、獅子若の真似《まね》して意地悪くなってる！」


吉野川《よしのがわ》は――四国三郎《さぶろう》と呼ばれる。

四国山地の木深き森より駆け下り、北阿波を西から東へ抜ける形で流れるこの川は、古来、大暴れして人々を困らせた。吉野川の水害は、百姓たちに稲作をためらわせるほどひどく……この地の民は別の作物をつくってきた。

――藍《あい》である。

だからこの川では藍を載せた舟がさかんに見られる。藍以上に多いのが筏《いかだ》だ。

畿内でさかんに取引される四国の無尽蔵の木材、これこそが、幕府権力で重きをなす細川家の「富の源泉」であった。

今、獅子若の眼前に四国の大動脈、吉野川が青き竜に似た雄姿を寝そべらせていた。

獅子若らは一人につき四文、馬一頭につき八文払い、三艘《そう》の渡し舟で大河を南へわたっていた。

渡し賃を払ったのは白髪《しらが》頭の雲水、剛道《ごうどう》でいま一人の雲水、昌雲《しょううん》と共に鯨の傍らに座している。剛道は半眼で座禅をくみ、昌雲はくたびれた様子でうずくまっていた。此《こ》度《たび》の雇い主たる彼らは体の前にぼろぼろの頭陀袋《ずだぶくろ》、後ろに大きな行李《こうり》を背負っている。行李には銭と為替が入っているはず。壊れた橋を直すため、四国は勿論《もちろん》、淡路や紀伊まで足を延ばし、多くの町や村で勧進してきたものだ。

勧進とは募金である。橋や堤、溜池《ためいけ》や水路をつくる時、僧尼による勧進に依《よ》る場合が多いのである。

獅子若と雲水たちが乗る舟を、十阿弥と甲斐《かい》駒、三日月《みかづき》が乗る舟が追い抜く。

十阿弥は、はぐれ馬借衆の馬医で、小柄な翁《おきな》だ。聖《ひじり》の如《ごと》き風体《ふうてい》をしており歯が欠けている。

「お前と鯨が重いから、舟足がおそいのではないか！」

十阿弥は陽気に叫ぶ。そして、扇をかざし、舳先《へさき》近くで舞い出した。

「爺《じじい》、まだ昨日の酒が抜けねえのか！　落ちるぞ、川に」

獅子若は太い声で怒鳴り返した。

川上からは藍玉入りの俵を山積みにした舟や筏流しにされた材木がさかんにやってくる。

そうした舟、筏とすれ違う度に川を横切る渡し舟は、止ったり、声をかけ合ったりした。

葦《あし》や竹、泥だらけの柱や家の残骸がつくった凄《すさ》まじい山が、近づいてきた。片づけている人々がいる。

逞《たくま》しい腕を褐色に日焼けさせた船頭が棹《さお》を差しながらおしえる。

「おまはんら、四国三郎は初めてえ？　全て持って行った。わしの家も壊《くだ》けた」

「…………」

「十日前の嵐じゃ」

十日前、獅子若たちは摂津《せっつ》におり、そこでは大雨が降っていた。雨中を堺まで下った獅子若たちはそこで三日間風待ちをしている。荒ぶる和泉灘《いずみなだ》がおさまるのを、待っていたのである。

とにかく、何かの事件や天災《わざわい》を知る術《すべ》は、人の口から口をつたう噂《うわさ》しかない。撫養においてて獅子若たちは初めて四国三郎が大暴れしたという噂を聞いた。

だが、これほど深い傷で人々の暮しを抉《えぐ》ったのは、初めて知った。

雲水二人が読経しはじめる。

剛道のそれは滑らかで、昌雲のそれはたどたどしい。

背が低い四十がらみの船頭は、異様に厚い胸板をさする。

「わしは……四国三郎がおらねば、生きてゆけん。ほなけんど、わしの親父《おやじ》殺したのも四国三郎じゃ」

吉野川を睨む彼の双眸《そうぼう》には愛と憎しみ、二つの相反するものがひとしく漂っていた。

南岸に着く。

瓦礫《がれき》の山の向うに——泥の海が広がっている。

泥水に浸された畑があった。強い力に殴られて、幾割かが倒伏したウバメガシの藪《やぶ》もあった。

獅子若たちは馬が転ばぬよう気をつけながら舟を降りる。陸に上がった剛道が、ひとり言《ご》つ。

「ここでも橋が流れ、堤が切れたか……。こちらの橋を直したら、あそこの堤が壊れ……というふうに、この勧進という修行は、一度はまるといつまでたっても終りが見えん」

編笠《あみがさ》をかぶり、墨染《すみぞめ》の直綴《じきとつ》をまとった剛道は厚い肩をいからせ、真剣な面持ちで辺りを見まわしていた。水溜りで休んでいた蝿《はえ》が、そんな剛道の雪のように白い短髪にまとわりつく。

雲水の重い行李を獅子若は鯨に背負わす。銭の音が、した。十阿弥が、昌雲の荷を佐保と一緒に春風に載せる。

「多分、藍畑じゃ」

十阿弥は、大水に呑まれた畑を見据えていた。

獅子若が言う。

「この地の百姓はさ……畑が水浸しになっても大丈夫なように、藍をそだててるんだろう」

「そうじゃ。だからと言って、これは水が抜けるまで……難儀するぞ」

剛道は土佐ひじきに、昌雲は小さな野間《のま》馬、蛟竜《こうりゅう》にまたがる。はぐれ馬借衆の荷は三日月が背負う。

一行は、泥水を踏みながら南へすすんだ。


左に小高い丘があり、竹藪や樫《かし》林がみとめられる。ずっと右奥には四国山地の青い山並みがあった。

街道の両側は一段低くなっていて、ススキが茂る低地や畑地であったらしいが、今は泥水に浸されていた。

少し小高い所に藍玉をつくっているらしい小屋が何軒かかたまっていて、そこは被害を免れていた。獅子若たちの前方を墨染を着た修行僧が六名ほど足早に南へ行く。四国は弘法大師《こうぼうだいし》が生れ、修行をし、悟りを開いた所なので、いつの頃からか大師の足跡をたどる修行僧が現れ、徐々に増大しているのである。

鯨と三日月をつなぎ、二頭を引っ張る獅子若は、

「なあ、なんで勧進をしようと思ったんだ？」

土佐ひじきにまたがった剛道を、顧みている。

姫夜叉が引く小馬にまたがった剛道はたまゆら考えてから答えた。

「わしが生れた村にも、大きな川が流れておった。高い堤が築かれていて、村と田畑を守っておった。わしが五つくらいの頃……大水が起きてな、堤が破れ、田畑のほとんどが水浸しになり、多くの者が亡くなった。その中に、可愛《かわい》がってくれた姉もいた」

大水によって思わぬ獲物でもいるのか、数羽の鳶《とび》が頭上をまわっており、高く鋭い啼《な》き声が宙を突き裂く。

「その時、堤を修理したのは、一人の勧進聖でな。正確には……その聖があつめた銭や米で、様々な職人を呼び、知恵をかり、立派な堤をまたつくることができたのじゃ。わしは堤の落成を祝う日、出家を決めた。たまたま近くにあったのが禅寺であったゆえ、禅僧になったが、落成の日の聖の面差し、また別の村に去ってゆく後ろ姿、その聖が……勧進の途中で追い剝ぎに遭い、せっかくあつめたものを奪われてしまい、勧進が流

れたという話……こういうものがどうしても思い出され、いつの間にやら同じ道に踏み込んでいた訳じゃ」

「ふうん。大したもんだな」

媚《こ》びへつらいが苦手だから、思ったままを言った獅子若だった。

「昌雲さんは？」

もう一人の雲水、昌雲に佐保は訊ねる。

獅子若の後ろにいる昌雲から答はない。

訝《いぶか》しんだ獅子若が、振りむく。

昌雲の鋭い目は――少し小高い所で遊ぶ子供たちに注がれていた。

童《わらわ》らは、小屋を掃除する大人の傍《そば》で、子をとろ子をとろをして遊んでいた。数珠《じゅず》つなぎになった幾人かの童の先頭で親が手を広げ鬼をふせごうとする。鬼は、列の後端にいる子にしかさわれない。もしさわれたら鬼の交替が起きる。子供たちは大はしゃぎしながら右に左にさかんに動き、時には大人に叱られていた。

『子をとろ子をとろはな、罪人を腰にすがらせて救おうとする地蔵菩薩《じぞうぼさつ》と、奪い返そうとする鬼のせめぎ合いを真似た遊びなのだ』

昔、平五郎が言っていたのを、獅子若は思い出している。

（平五郎……それに、茶木大夫）

東坂本で周りにいた懐かしき男たちの面影が、胸底で躍る。

「昌雲は……子をさがしておる」

剛道が、若い雲水に代って口を開いた。

「行方知れずになったその子は、四国の何処《どこ》かにおる。だからこの者は、わしと旅しておる」

「そうなんです」

瘦せて頰がこけた昌雲は、静かに力なく言った。しかと食べているのか心配になるほどの瘦せ方である。何かたやすくふれてはいけない事情があるようだった。

行く手から、歌占いをするらしいひょろりとした翁と、瘦せた敏捷《びんしょう》そうな少年がやってくる。歌占い師は白い総髪を垂らし、沢山の短冊を垂らした黒弓を持っていた。少年は歌占い師の見習いらしい。ギョロリとした目にふてぶてしい野性味が隠されている気がした。

昌雲は一瞬その子を見つめるが、すぐに違う子だとわかったようだ。

獅子若と、歌占い師はすれ違う。

何歩か行った占い師は——刃《やいば》よりも鋭い気を漂わせ、獅子若たちを睨む。

「あれが……件《くだん》の雲水どもか」

少年が、指をポキポキ鳴らす。

「やっぱりお頭《かしら》の言葉通り、水路じゃなく、陸路だったね。くく」

「──隼《はやぶさ》。お前、一っ走り、お頭につたえてこい」

「へい」

隼は猿《ましら》の速さで駆けはじめ、瞬く間に藪に掻き消えた。


阿波国は北では藍をそだてるが、南は米所である。一行の目的地、阿南には田が広がっていた。ただ、この田も吉野川に氾濫《はんらん》を起した台風により、那賀川《なかがわ》、桑野川《くわのがわ》が暴れ壊滅的な害を受けていた。

剛道は橋を直す勧進をたのんだ人々が、無事かどうか、しきりに案じていた。

その村は三方を山に囲まれていた。

村の中央を今は落ち着きを取りもどした桑野川が流れている。村の入口には、お宮があり、大きな杉が二本、泥の中に倒れていた。それを見て青ざめた剛道は土佐ひじきから下りる。昌雲も、つづく。剛道は、走り出した。はぐれ馬借衆も急ぎ足になる。

赤い西日が、一行を射る。

田畑は──一面泥海のようになっていた。

柿色の落日に照らされた人々は、壊れた堤に蟻《あり》の群れの如くかたまり、声をかけ合ってはたらいていた。

堤の欠所が広がらぬよう水流を弱める杭《くい》が何本も並んでいた。

欠所には、葉唐竹《はからだけ》、萱《かや》をたばねたものが、隙間なく敷き詰められている。泥だらけの百姓たちは今、その上にもっこではこんできた土をかぶせている。土の上に、また葉唐竹、萱を置く。そしてまた土をかぶせる。これを繰り返すことで土の重みで折れた竹が強い土台になってくれる。

「剛道様じゃっ」

汗だくになってはたらいていた逞しい大男が、一行に気づく。褌《ふんどし》一丁の大男はもっこを放り出すと駆けてきた。他の男衆もあつまる。たちまちに獅子若と剛道たちは、ほとんど裸同然で作業していた男たちに囲まれていた。

「歯噛《はが》いたらしい大水じゃ。この前の大水で、せっかくかけた橋が流された。剛道様の勧進で久方《えっと》ぶりに橋がかかる思うとったら、今度は堤が切れて大騒ぎ。ただ、名主様が……これは大嵐になる、まだ熟しておらんが早めに刈るんじゃ、と言いよったけん稲刈りはすませたんよ」

「何とか間に合ったんよ！」

「ほなけん……今年の年貢はおさめられそうでがーす」

苦しい災いに放り込まれ体中に泥をつけた男たちは、胸を張った。

「おお、それはよかったではないか！」

薙刀《なぎなた》を西日に光らせた若党二人と、老いた名主をつれた地侍が、やってきた。作業を監督していたらしい。

細身の穏やかそうな顔をした地侍は、頭《ず》を下げる。

「剛道様、ようご無事できて下さった。このにひどい有様じゃけんど……死人が出んかったんが、救いじゃ」

白髪頭で鼻が高く落ち着いた目をした男である。見事な口髭《くちひげ》をたくわえていて、武技だけでなく、連歌などにも造詣が深そうな侍だ。

「それは何より。勧進の方……当初、考えていたより、あつまりましたぞ！」

剛道の強い言葉で地侍は破顔する。

「ほうでー……ありがとうがーす！」

喜びで光る潮が百姓たちの顔から顔へ駆け抜けた。

「海賊が出るという話を聞きましたので、撫養で馬借衆をやといました。おかげで無事に着くことができました」

「ほれは何よりや。見ての通りで……ろくなおもてなしもできんけんど、石風呂を沸かしましょう」

「和尚《おしょう》は？」

「寺の方で、女衆と夕餉《ゆうげ》の仕度しとう」

その小さな寺は、集落の中ほどにあった。寺の前には、小柴垣に囲まれた民屋や、畑があった。何本ものナギの木を竹竿《たけざお》でつないだ生垣に囲繞《いにょう》された畑は、泥水に浸されている。

境内には大きく太いナギの古樹があり、その樹下に石風呂が据えられていた。

萱葺《かやぶき》屋根の寺に荷を下ろした獅子若たちは、手間賃をもらい、そこで泊る形になった。村の衆が石風呂を雲水たちのために沸かしてくれたので、剛道たちが入った後、佐保、姫夜叉も湯をもらいに行く。

東坂本や京には湯屋があったが、他の場所では寺や豪族の館《やかた》に風呂があるくらいだ。だから庶人には湯につかるのが途方もない喜びなのである。

獅子若と十阿弥が庫裏《くり》に寝転がっていると、軋《きし》み音を立てて、桶《おけ》を持った剛道がやってきた。

「おっ、何やらいい匂いが……」

十阿弥がさっと半身を起す。

「般若湯《はんにゃとう》です」

剛道は腰を下ろしている。般若湯とは、寺における酒の隠語だ。

「はぐれ馬借衆のおかげで、使命を全うできた気がする。もっともわしは橋ができるまで見届けねばならぬが。心ばかりの礼じゃ。好きなだけ飲んでくれい」

土器《かわらけ》が二つ、二人の前に置かれる。

獅子若は、問う。

「昌雲さんは？」

「昌雲は……願を立てておることもあり、酒は嗜《たしな》まぬ。今は観音堂におる」

「ふうん」

剛道は懐から紙で包んだ焼き栗を出し、獅子若たちにすすめる。

早速、土器で酒をすくった十阿弥は、口に入れる。

「……ふう」

古狸に似た相好が喜悦でほころんだ。

「生き返りましたぞ！　剛道さんも、お飲みに？」

「今日ばかりは般若湯を嗜んでも祖師に叱られまいと思っておったんだが……」

「おったんだが？」

「止《や》めておこう」

十阿弥が痩せた体をずりっとすべらせる。

「村のあの現状を見てはな……」

剛道は、焼き栗を一つ口に放る。

「この村をたばねておる川上殿《かわかみどの》が、言っていたが……」

川上というのが、さっき話した大身《たいしん》の地侍である。その下に複数の名主（有力百姓）がいる。名主の中には小身《しょうしん》の地侍がおり、戦《いくさ》になれば武士になる。

「川の水をふせぐには、堤だけでは心もとないかもしれん、一部分水せねばならぬかもしれんとのこと。そうなるとまた鳥目《ちょうもく》がいる。橋の作事《さくじ》であつめた鳥目の一部を、水路の方へまわせせんものかという話であった」

「ほう」

獅子若も土器を桶に入れ、ごくりと飲む。ほろ甘さが、口から喉に広がった。

「喜捨《きしゃ》してくれた方々も、大水から村が立ち直るのを助けようと思ってくれた訳だから、そこにさわりはないと思うが、橋をつくる諸々《もろもろ》を低く抑えるとなれば、いろいろの工面がむずかしくなる。奔走せねばならん。また、忙しくなる」

「なるほどなあ」

上機嫌になった十阿弥は、深くうなずいた。

「昌雲さんもこの村で一緒に手伝うのかな？」

「そう。昌雲のこと、お頼みしたいと思っておった」

剛道は居住《いずま》いを正す。

「実は昌雲は……元々禅僧ではない。紀伊の勧進で出会った時は物乞いをしておった」

剛道は、昌雲と出会ったいきさつを語りはじめた。

昌雲は元々、末安《すえやす》という名で、紀州《きしゅう》で百姓をしていた。三年前、粉河寺《こかわでら》に妻子と物詣《ものもうで》に出た折である。賑《にぎ》わいの中、六歳の倅《せがれ》が誘拐《かどわかし》に遭った。女の子に見まがうような可憐《かれん》な男の子であった。

妻は自分を責めて、気が狂ったようになり……ものを食べなくなって死んだ。

その日から末安は耕す気力を全くうしなった。

先祖からつたわった猫の額ほどの田を、雀《すずめ》の涙ほどの値で名主に売り、息子をさがす旅に出た。田畑を売った金子《きんす》などすぐに枯れ、道で倒れていた処《ところ》を剛道に助けられたのである。

「勧進の手伝いをして諸国をめぐれば、その子は見つかるかもしれぬ。仏の恵みもあろう。こう、わしは申した。泉州《せんしゅう》の町で……似た子が船に乗せられるのを見たという人がおった。その船は四国行きだった。だから、昌雲は四国までついてきて、讃岐と阿波の各地をまわった。だが、見つからぬ……。生きているか死んでいるかも、わからん」

十阿弥が言う。

「残るは伊予《いよ》と土佐じゃな」

「そう。御身《おんみ》らの行先も、土佐とか」

はぐれ馬借衆は、馬の守り神、馬頭観音《ばとうかんのん》を諸国に四つ祀《まつ》っている。四大馬頭観音、略して四大様という。獅子若たちには一年に一度、四大様をまわらねばならない掟《おきて》がある。四大様の一つがある土佐にむかうため、四国にきたのである。

「できれば……あの者と土佐まで行ってもらえんだろうか？」

自分はここにとどまらなければならないが、昌雲をしばし託したい、こういう意味であった。獅子若の強い眼《まなこ》と、十阿弥の些《いささ》か早すぎる酔眼が、見合わせられた。

十阿弥は首肯し、獅子若も、言う。

「俺は別にいいぜ。佐保が、何言《なんつ》うかだが。まあ、賛成だろう」

安堵《あんど》が、日焼けして皺深い剛道の面に広がった。

「よかった。昌雲は木頭《きとう》の辺りまで那賀川を上り、そこから甚吉森《じんきちもり》を越え土佐の馬路《うまじ》の辺りに出たいと話しておる」

土器を置いた十阿弥はみじかい髪を掻き毟《むし》る。

「馬路から土佐の安芸《あき》にかけては、大きな杣山《そまやま》があるな。おっ……今、よい匂いだなぁというお顔をされましたな。飲めとは言いません。せめて、匂いだけでもどうぞ」

酒の香りを鼻に近づけられた剛道は、口をすぼめた。が、すぐに、威儀を正す。

「……その杣山を目指すとか。というのも土佐は——木の国じゃ。阿波以上にな」

土佐の山奥でそだつ巨木は、都や奈良の御殿や寺をつくる時、さかんにつかわれていた。また、屋根などにつかわれる榑《くれ》も、多く産出される。それらは明と交易する湊《みなと》、堺や、兵庫湊に入り、そこから日本の中枢に流通するのである。

「土佐で働き手を多く必要としているのは海辺ではなく、山」

室町家が世を治めていた頃は、土佐の海の幸でなく、山の幸に注目があつまっていたのである。

「讃岐、阿波と、海沿いを隈《くま》なくさがしたが、さらわれた子の痕跡はない。わしが杣山の話をすると……昌雲は土佐の山に行きたいと申す」

獅子若はぐびりと一杯あおっている。

「多分いい返事ができると思うぜ。しかし……昌雲さんに、そんな過去があったとは」

十阿弥は、

「よし！　固めの盃《さかずき》じゃ。さ、匂いだけでも、匂いだけでも……本当に匂いだけでよいですか？　一口くらい、すっといっときますか？」

「――一口だけいっておきましょうかのう。これは、酒《ささ》ではない。般若湯じゃ」

剛道は、言った。

「そうです。その意気です！　何年にもわたる勧進を終え……今日飲まないでいつ飲むんですか？　一口と言わず、もそっと、そう、そうっ」

剛道がぐっと一杯干した処で、湯上りの佐保と姫夜叉が帰ってきた。

「見ちゃった。お坊さんが、お酒飲んでるの！」

姫夜叉は口に手を当てている。

「酒ではない。般若湯じゃ」

もう、もどれないというような言い方だった。

「いい具合になってきましたなぁ、剛道さん。もう一杯いきましょう」

十阿弥がまた桶に土器を入れ、芳醇《ほうじゅん》な濁り酒をすくう。

それを剛道は、今度はゆっくり味わいながら飲む。

獅子若はその横で、剛道の提案を佐保に投げかけた。佐保は、手拭いで濡《ぬ》れた顔を拭く。

「そうか、昌雲さんに、そんなことが……。さっき観音堂の方から祈り声が聞えた。とても、悲しそうな声だったわ」

湯上りの佐保は旅の埃《ほこり》が綺麗《きれい》にぬぐい落とされていて、彼女本来のやわらかさ、しとやかさというものが肌の下から表れた状態だった。顔全体が薄ら赤く、見ているこっちにも火照《ほて》りがつたわってくるようだった。

「勿論、はぐれ馬借衆として、できることはしたいと思っています」

「困っている人は助ける、掟だもんな」

獅子若が言うと、佐保は笑みをこぼして、

「わかってきたじゃない」

「そらそうだよ。一応新米におしえる立場になった訳だし」

自分より新米のはぐれ馬借、焼き栗をむしゃむしゃ食べはじめた姫夜叉を小突く。

「――痛いっ。痛い、三日動けないくらい痛い」

「馬鹿言うなよ。てめえ。撫でるくらいじゃねえかよ」

「こらこら」

微笑《ほほえ》みを浮かべた佐保は手で制す。

「ねえ、石風呂に入ってきたら。とてもいい御湯だったわ」

獅子若と十阿弥は、手拭いを持って風呂にむかった。


ナギの下の石風呂は、露天であった。この寺は築地《ついじ》などないが竹林に囲まれていて誰かに見られる心配はない。

既にぬるま湯になっていたが、東坂本を放逐されてから、一度も風呂に入らず川で水を浴びるくらいだった獅子若は、とても心地よかった。

星空をあおぎながら首に湯をかける。

石風呂から上がる。既に真っ赤になっていた十阿弥だが、まだ飲むつもりなのか、庫裏に直行する。

獅子若はなかなか庫裏に姿を見せぬ昌雲が気になっていたから、観音堂に歩いてみた。庫裏の裏に竹はなく杉やナギの木立があった。その中心に、古い塚があり、塚の上にもナギが数本生えていた。

観音堂は塚の手前にあり閉ざされた舞良戸《まいらど》の隙間から明りがもれていた。松脂《まつやに》の臭いがする。昌雲は、火鉢で松脂を燃やし、祈っているらしい。

経ではない。雲水といっても、俄《にわ》かなのである。

聞えるのは――、

「観音様……お願いや、倅を……無事で……倅を……」

という低い呟きだ。

萱葺の鄙《ひな》びた堂は美しい玉を音に変えたような鈴虫の啼き声につつまれていた。獅子若が階《きざはし》を登ると、戸が内から開く。

「……ああ、獅子若さんか」

小さな火が、古く小さい木彫りの観音と、供えられたシキミを照らしていた。暗く、ひっそりした湿り気と幾年もの埃が息づいているような小堂で、子を思い一心不乱に祈っていた父の姿は、獅子若の胸を詰まらせた。

「そろそろ庫裏に入った方がいい。……風邪《かぜ》、引くぜ」

獅子若は低く言った。

「そうします」

火鉢をかかえ、昌雲は出てきた。庫裏の方へ歩きながら、

「息子さんのこと、聞いたよ」

元は貧しい百姓たる俄か雲水はすぐにも砕けそうな細い顎をうつむかせる。

「気の毒だな」

「生きていてくれさえすればええ、と思っとります」

静かだが、思い詰めたものがある声だった。

鈴虫の声が、一瞬止る。

「土佐まで……行くんだろ」

「ええ」

「なら、一緒に行こうぜ。旅は道連れと言うじゃねえか。あと、かしこまった言い方しなくていいぜ」

「えらい心強い。馬路の杣山まで一緒に行ければええ。土州《どしゅう》の杣山で、沢山童《よーさん》、はたらかされちゃるゆう話や」

ごつごつした樹《き》の根をまたぎながら、獅子若はくしゃみをする。

「まあ、何処まで一緒っつうのは、そん時決めようぜ」

「ほんまに、迷惑では……」

「馬鹿言うなよ」

ほっとしたような顔を見せる昌雲だった。

「おおきに。ありがとう。一人で旅するゆうんも、山賊などに出くわしたらどないしよう思い……。もっとも盗《と》られるものなど命のほかないんやが」

「その命って奴《やつ》が肝要だぜ。――息子さんに本当に会う気なら」

「せやな」

昌雲は己を力づけるように、肉が薄い胸で大きく息を吸った。

「いやあ、しかし安心したわ」

獅子若は、太い腕をさすりながら言う。

「あまり安心されても困るがな。俺なんぞ、一歩間違えば湖賊にでもなってたような男だ」

「……え？　ほんな」

「悪い、悪い、脅かすつもりはなかった」

獅子若は一笑している。

庫裏に入る獅子若たちを――じっと盗み見ている者たちがいた。

脳の皺に似た姿で、幾多もの根が、岩にからまり、よじれ、這《は》いまわっている。榕《あこう》の気根《きこん》だ。暑い風土にそだつこの樹は地上部から気根と呼ばれる無数の根を垂らし、岩石などにしがみついて枝葉を茂らせる。

今、寺を見下ろす里山で、巌《いわお》を基盤としてうねり狂う榕の気根がからまった岩などに、数名の男が立ち、獅子若を睨んでいた。

「間違いない、東坂本の——獅子若だ」

齢《よわい》三十ほどか。身の丈は六尺を超し獅子若といい勝負である。

額は広く、眉は薄い。髪は赤茶け左目に茶色い眼帯をしていた。顎が出て、えらが張っている。獰猛《どうもう》な猿を思わせる男であった。

憎しみの閃光《せんこう》が、男の隻眼によぎる。

「この猿《ましら》ノ蔵人《くらんど》を江州から追った男よ」

「お頭、勧進であつまった銭はどうします？」

そう問いかけたのは、獅子若と道ですれ違った、歌占い師の翁だった。翁の傍には、隼と呼ばれた少年もいた。

猿ノ蔵人は言った。

「——あれだけの獲物だ。あきらめる訳にはいかねえ」

少年とは思えぬ冷めた顔様の隼が、上唇を舐《な》める。

「あの村には武士もいるよ……」

「知ったことか。田舎《いなか》侍の兵など、たかが知れてる。もっと人数をあつめ、がつんと夜討ちすればいちころよ」

「道中ならば、すっと奪えたかもしれないけどね。獅子若って奴は、そんなに物凄《ものすご》い印《いん》地《じ》打ち？」

棘《とげ》がくるまれた布のような言い方である。蔵人をためすような心根が潜んでいる。

「隼。俺が……獅子若にひよってると？　だから、連中を襲うのをためらったと？」

隼は薄く笑みながら頭《かぶり》を振る。

「そういうつもりじゃないけど」

蔵人は、

「俺は――獅子若に、ひよっちゃいねえ。毛ほどにもな」

蔵人のごつごつした指が、茶色い眼帯にふれた。

「ただ、俺の顔を深く傷つけたあいつを――確実に殺したい。決して逃げられぬ罠《わな》を張って、奴を潰したい。その用意がととのってねえから、まだ、待てと言っただけだ。銭もいただくし、仇《かたき》も討つ。馬借どもは遠からず村を出る。隼、お前は奴らをつけ、獅子若の動きを俺につたえろ。連絡《つなぎ》のため、一人つれて行け」

「へい」

参

京の入口で追い返された茶木大夫は翌日、山徒《さんと》・円明坊《えんめいぼう》の屋敷に出かけた。他の馬《ば》借《しゃくしゅう》衆とも協議の上である。

円明坊は、東坂本きっての有徳人《うとくにん》であるが僧ではない。法体《ほってい》だが、妻も子もある。彼の先祖は叡山の荘園管理をおこなっていて、その中で財をなし、今では複数の土倉《どそう》や関《せき》をいとなんでいた。円明坊が建てた関に、関銭《せきせん》をおさめねばならぬ馬借が抗議し、京の祇園社《ぎおんしゃ》に立て籠る騒動《さわぎ》が、過去に二度起きていた。

茶木大夫は十年前、その蜂起にくわわっていた。

その折、茶木大夫は、東坂本の貧しき者の代表として、円明坊は、富める者の代表として――言葉を刃《やいば》にしてぶつかり合った。

円明坊相手に強い粘稠《ねんちゅうりょく》力で交渉した茶木大夫は、この百戦錬磨の山徒に対して、敵とか味方とかを超えた複雑な感情をいだいている。

円明坊はなるほど、馬借衆と多くの対立をかかえていたが——敵の話にしっかり耳をかたむける度量を持っていた。また、時として敵である茶木大夫を、また別の敵に当てる駒としてつかうような、したたかさを持っていた。

その男が今、にんまりと笑みながら茶木大夫の前に座していた。

三河《みかわ》の八橋《やつはし》と飛び立つ雁《かり》を描いた屛風《びょうぶ》が円明坊の後ろで風情を醸していた。

床に畳が置かれ、円明坊は青畳の上、茶木大夫は剝《む》き出しの床に座っている。

二人の間に燭台《しょくだい》があり、赤い蠟燭《ろうそく》が燃えている。円明坊の横には黒漆塗の切燈台《きりとうだい》があり、そこでは荏胡麻《えごま》油が燻《くすぶ》っていた。

「久しいのう、馬借殿」

つるりと剃《そ》りあげた大きい顔がほころんだ。

太い眉の下に、くりっとした愛嬌《あいきょう》のある双眸《そうぼう》、団子鼻があった。

「別の馬借が窓口になってから、そなたの顔を見んで少し寂しかったわ」

「恐れ入ります」

「何か問題《もの》があって参ったのだろうな？　お主がやってくるのは、大抵そうした時」

「……仰せの通りにございます」

茶木大夫は身を乗り出し、

「実は京の米商人どもが、近国の飢饉《ききん》に乗じ……米価を吊《つ》り上げんとしているようにござる。無頼をやとい、荒神口で我らを追い返します。とても商いになりません」

「──なるほど。困ったことよ」

「円明坊様は、馬借年預《ねんよ》であります」

馬借に二度も抗議された円明坊は自ら、馬借を預かる役職につき、その懐柔をこころみてきた訳である。

「ご相談に乗っていただきたいと思い、罷《まか》り越した次第にござる」

円明坊の指が脇息《きょうそく》をとんとんと叩《たた》く。

「そうしたいのはやまやまじゃが……できぬ」

「と、言いますと？」

「室町殿から先ほど、通達があった」

室町殿──六代将軍になることが確実の武家の棟梁《とうりょう》・足利義宣《よしのぶ》（のちの義教《よしのり》）のことである。

「わしに代えて、上林坊栄覚《じょうりんぼうえいがく》殿を、馬借年預にするというのじゃ……」

「──」

貧農から一代で山徒にのし上がった上林坊栄覚こそ、獅子若を江州から追った人だった。

「さらに上林坊殿は犬神人《いぬじにん》年預にも就任《つか》れた。故に、その儀、わしでなく上林坊殿にたのんでほしい」

「………」

「それが筋じゃ」

苦みをともなう不安の汁が、茶木大夫の胸底ににじみ出ていた。その不安が表皮を透過し、刀傷がきざまれた面《おもて》に翳《かげ》として出たらしい。

円明坊が、気づかうように、眉を顰《ひそ》める。

「馬借衆の訴え……極力汲《く》み取ってほしい、と、一筆したためよう。それを持って上林坊殿をお訪ねせい」

「ありがとうございます」

＊

円明坊の許《もと》に行った父の帰りがおそいので平五郎は気を揉《も》んでいた。

最早、夜更け近い。

（いくら何でも、おそすぎる！　行ってみるか、円明坊に）

平五郎が思い立ち、往来に飛び出ようとした時である。

父が、帰ってきた。

眠りこけた厩《うまや》と井戸、そして七尺くらいまでそだった茶の古木がある庭に入ってきた父は、暗く冷えた気を引きずっていた。

「親父殿っ」

駆け寄ると、

「……鳰《にお》の海を、見に行くか」

酒臭い声で、言った。

鳰の海——琵琶湖のことだ。

平五郎が暮す富ケ崎《とみがさき》は鳰の海に接している。そこは、諸国の米、飛驒木曾《ひだきそ》の木、越後の鮭《さけ》、能登《のと》の鰤《ぶり》、蝦夷地《えぞち》の昆布、出雲《いずも》の鉄、湖上の道を通ってきた様々な荷が、これから都やその近くで売られるために、水揚げされる舟着き場である。

夜の墨が溶けて黒一色となった琵琶湖は、波打ち際に佇《たたず》む親子に何かを語りかけてくれそうで、何もしゃべってはくれない。

くたびれて肩を落とした葦《あし》が何本も立っていて、少しはなれた所に桟橋がいくつかあった。

対岸や湖上に動く赤点がある。松明《たいまつ》だ。漁をしている舟や、狩りに耽《ふけ》りすぎて、もどりがおそくなった武士だろう。

　茶木大夫は大きい石の表を払うと、腰かけた。

「馬借年預は……別の御仁になっておったわ」

　平五郎は硬い面持ちで湖を見ていた。

「室町殿直々のご下命で、上林坊殿が、今日から馬借、犬神人年預となった」

「…………」

　平五郎は、栄覚が都の米屋としたしいのを知っていた。

「で、上林坊殿をお訪ねすると……」

『あの不埒《ふらち》な大男、獅子若と申したか、獅子若の一件以来よの——茶木大夫』

　上林坊栄覚は片方しかない腕で斧《おの》を持ち、薪《まき》を割りながら口を開いている。

　栄覚は若い頃、喧嘩《けんか》で、右腕を斬り落とされ、九死に一生を得た。以後、一つしかない左腕を鍛えるため、彼はこの下人がやる仕事を己に課しているのだった。

　だから——お願いしたい儀があると上林坊に行った茶木大夫は、湯殿の焚《た》き口に通されたのだ。

　横に長い竈《かまど》があり小鹿を煮られそうな釜が二つ火にかかっていた。

　赤々と燃える焔《ほむら》は、夜空に煙を送りながら、次から次に薪を舐《な》め、赤くほろほろにしてゆく。

左の釜は、栄覚やその家族が入る湯殿の釜で、屋根がその上部をおおっていた。つまり水は内から入れる。右の釜は、下男下女がつかう湯を沸かすもので、蓋は夜空をあおいでいる。つまり水は外から入れる。

栄覚は二つの釜が火の粉を散らす横で、丸太に据えた薪を小気味よく割っていた。

『して今日は何用で参った？』

『はっ。用向きは、二つございます。一つは……馬借、犬神人年預、御就任の儀聞きおよびました。おめでとうございます！　これは、馬借衆一同の寸志にございます』

酒屋を叩き起して買いもとめた酒桶《さけおけ》を差し出す。

『祝着《しゅうちゃく》』

都の米屋の横暴を相談すると、栄覚は、苦衷は察すると言ったものの……馬借と米屋は車の両輪である、米屋なくして馬借はないし、馬借なくして米屋はない、互いにささえ合ってゆかねばならぬ、当方の言い分だけ通してもまずいのではないか、米屋には米屋の事情があろう、そう語ったという……。

茶木大夫は平五郎に、

「そして、我らが困っているなら、京で売りそこねた米を引き取ろうと、おっしゃった」

「いかほどで引き取ると？」

「売り値の、三分の一」

大いにあきれた平五郎は小さく笑う。

「それでは……我らはほとんど商いになりませぬ。赤字じゃ、赤字」

「………」

「思うに上林坊殿は、八木屋《はちぼく》とはなから結託していたのでは？　我らの米を安く買い叩き、米屋が思い切り米価を高くした処《ところ》で、都に売って大儲《おおもう》けするつもりでは？　馬借、犬神人年預になったのも、こちらに睨《にら》みを効かせる腹づもりなのかもしれぬ」

犬神人——柿色の衣をまとい、白い覆面をした、祇園社の私兵である。その役目は、祭りの折の山鉾《やまぼこ》の警固、社前の清掃、祇園社に借金をした者からの取り立て、弓作り、懸想文《けそうぶみ》（恋の呪文）売り、など多岐にわたる。

茶木大夫は言う。

「祇園社は……京における叡山の出先。祇園の祭りは、都でもっとも大きな祭りで、人々の関心は高い。祇園の祭りが正しくおこなわれぬと、都人《みやこびと》は……一年の穢《けが》れや悪が、正しく拭い取られなかった、そう考える」

平五郎は、うなずき、

「だから我ら馬借はそれを逆手に取り、何か訴えたき儀がある時——祇園に押しかけてきました。何百、何千もの馬で、祇園に雪崩《なだ》れ込む。祭りをおこなわせない。さすれば……嫌でも我らの訴えに人々の目はあつまる」

十年前の馬借衆による円明坊への抗議、およそ半世紀前の馬借による同じ相手への抗議は——この方法を採った。

そして今、上林坊栄覚は馬借を預かる役にくわえ、祇園社の守衛部隊、犬神人を統べる立場にも就いたのである。——完全にこちらをしめつけにきているとしか考えられない。

平五郎は眼前に広がる琵琶湖が心臓である気がしていた。

この海《おうみ》に、多くの血管——水の道、陸の道がつながり、諸国の物と富があつめられる。それをあやつる者こそ、将軍以上に人々の暮しに力をおよぼす、真の支配者である。真の支配者の許には途方もない富が蓄積《たま》る。量り知れぬ富をあやつる者たちは、まだそれをふやすために策動、その計策で餓死者が出ても気にせぬ。たとえ連中の計画で飢え死にする女子供が出ても……連中は、殺しで悪名高い袴垂《はかまだれ》や熊坂長範《くまさかちょうはん》と共に語られることは決してない。

(だが、奴《やつ》らが米価を吊り上げ、ぼろ儲けしたことで……米を買えず、百人の人が飢え死にする。それは百人の人を刺し殺し、金を奪う盗人《ぬすびと》と、何処《どこ》が違う？

盗人の手は血塗られ、彼らの手は血塗られないだけで、やっていることは一緒ではないか？)

平五郎は、思うのであった。

と、

「茶木大夫様、平五郎様。ここにおられましたか」

あじ六《ろく》という茶木大夫の許ではたらく馬借が息を切らせてやってきた。

「どうした？」

「大津馬借の衆が……お忍びで会いにきました」

「そうか」

茶木大夫は、立つ。

大津馬借――普段は商売仇《がたき》として対立する連中である。

「何でも、都の八木屋が、粟田口《あわたぐち》に無頼の輩《やから》を屯《たむろ》させ、米をはこぶ馬を追い返すと」

坂本馬借は荒神口から都に入るが、大津馬借は粟田口から京都三条《さんじょう》辺りに入る。

「……やはり同じことが起きていたか」

茶木大夫が呻《うめ》くと、平五郎は、

「協力し合えそうですな。大津と」

「まずは話を聞こう」

＊

いくつもの山が青々とした屛風を形づくっている。

右手に清き那賀川が、白く飛沫《しぶ》いている。

はぐれ馬借衆と昌雲は、杉やナギ、山桃やイチイ樫《がし》、さらに榕《あこう》などが茂る四国山地の岨道《そばみち》を西に旅していた。阿波の木頭まで行き、そこから高峰をまたぎ、東土佐に入る。

東土佐は材木で巨富をなした国人《こくじん》領主、安芸《あき》家が治めていた。この安芸家の分家、畑山《はたやま》家が統べる杣山《そまやま》に四大様の一つがある。昌雲もまた、かどわかされた我が子をさがすべくそこにむかいたいという。

昌雲によれば――人取りに攫《さら》われた息子は、女子《おなご》と見まがうほど可憐《かれん》であった。稚児に耽溺《たんでき》した僧か長者に売るべく、人取りは、あの子に目をつけたのかもしれないと、昌雲は語っていた。子を思うと食べ物も喉を通らぬようだった。昌雲の切迫した気持ちが獅子若や佐保たちをも包みはじめていた。

丸い餅の如《ごと》き雲が、いくつも、山と山のあわいに開けた空に浮かんでいた。

荷は大分少ない。

剛道と、勧進であつめた重い銭を置いてきたためだ。

獅子若が食糧を背負った鯨を引き、佐保は他の荷をはこぶ春風を引く。姫夜叉は土佐ひじきに乗り、十阿弥《じゅうあみ》が三日月に、昌雲が元は十阿弥の馬たる蛟竜に揺られていた。

山桃の葉群《はむら》とシダの濁流を揺らし、鹿が三頭、行く手に現れた。

こちらをみとめた鹿は黒くぱっちりした眼《まなこ》を広げ、首をかくんとふるわせ、四肢をすくませている。三つ数えたくらいで己を取りもどした鹿はいそいで走り出し、茂みに掻《か》き消えた。

徒歩《かち》で歩いている獅子若の隣に姫夜叉が馬を寄せた。

「ねえ」

「…………」

「ねえってば！」

「あん？」

鬣《たてがみ》がひじきに似た小さい土佐馬にまたがった少女を、睨む。齢《とし》はさして変らぬはずだが、鯨が大人だとすれば、土佐ひじきは童《わらわ》のようである。

「前に、お前は言ったな？　大した戦力にならないだろう、とか、このあたいに言ったな？」

「まあ……実際そうだよなぁ」

獅子若は寂しい山道を行くみんなを元気づけようと、わざとおどけてみる。

「ふん」

姫夜叉は、土佐ひじきの鬣に手を置いた。

「土佐に入ったらな、この土佐ひじきの母国だからなっ。お前のそのでかい、鯨とかが土佐の森で立ち往生しても、土佐ひじきは縦横無尽に駆けめぐってみせる」

「――ふ」

「何だよ、その笑い」

獅子若は大仰に溜息《ためいき》をつく。

「あのな……土佐ひじきの故郷は、土佐でも、お前と土佐は何のゆかりもねえ」

ぽくぽく歩みながら土佐ひじきが糞《くそ》をひねり落とす。今朝食べた草が原型を多分にとどめた糞だった。馬の大飯喰《ぐ》らいは、この消化力の弱さに由来する。

「あまりでけえこと言って恥をかかねえようにしろ」

獅子若は、言い足した。

姫夜叉は口を真一文字に結び、目を大きく剝いている。こちらの言葉が一つもひびいていないという仕草だった。

しばらく行くと山鳥の啼《な》き声が聞え、薄暗い陰が山道をおおってきた。西の方の山並みが赤らんでいた。

「今日中に木頭まで行けるかのう」

十阿弥が眉根を寄せる。

と、前方から娘らしき二人を連れた男が、大量の粟《あわ》をサスという道具でかつぎ、とことこ歩いてきた。

十阿弥がすかさず三日月を寄せる。

「もうし、もうし、随分、豊作であったようですなぁ。嵐は大丈夫でしたか？」

十阿弥の気さくな訊《たず》ね方に、

「風で沢山倒れとるけんど、取り入れはできた。山の衆に喰われん内に、刈ってきたんじゃ」

沢蟹《さわがに》を思わせる扁平《へんぺい》な顔をした男は答えた。

「山の衆……」

太布《たふ》でつくった荒く硬い衣をまとった男は笑む。

「ああ、獣たちじゃ」

「なるほど。なるほど。つかぬことをお伺いするが……木頭まで、日のある内に着けますかな？」

「木頭まで？」

到底無理という表情を三人は見せている。

「この近くに……宿を取れそうな所は……」

「ううむ。うちんくまでくれば、泊めるのはかんなん。かなれもどるぞ」

美濃《みの》の山村にそだった獅子若は、痩せた土地に暮す百姓が、随分はなれた山に畑をいとなんでいるのを知っていた。

前方の山道に二匹の狸《たぬき》がひょこひょこ出てきて、反対側の茂みに飛び込む。――獣が活発に蠢《うごめ》く刻限になっている。

「……弱りました」

春風を引いていた佐保が肩を落とす。同情する面差しになった娘は、はっと上をあおいだ。

「ほんなら畑の番小屋は？」

「ほうじゃ。このまま少し行きー。山を左に登った所に、焼畑がある。そこに猪《しし》や鹿をふせぐ番小屋があるんや。収穫物《これ》村に置いたら、わしまたもどろう思うとった。ほなけんど……おまはんらが番してくれるなら、泊ってかまん。わしは岩吉《いわきち》という者じゃ」

「おお。それは、ありがたい！」

十阿弥は手を打ち、獅子若たちの面に安堵《あんど》が広がる。

「手間賃や。畑のもの、馬に食べさせてええじょ」

目が細い姉らしき娘が請け合うと、今まで黙っていたおっとりした雰囲気の妹が、

「ただ……ほどほどに。ようけ喰われると、うちらの喰い扶持無《ぶちの》うなるけん」

「まかしとけ。少し喰わせたら、畑に手が出せねえように、茂みの中にきっちりつないどく」

獅子若は約束した。

少し行くとナギの林が切れて、クヌギ林になった。そのクヌギ林も切れて、石の間に猩猩萱《しょうじょうすげ》がもっさりうずくまった斜面が現れる。八方に葉を伸ばした山草、猩猩萱の姿は、櫛《くし》が入っていない髪のようである。

人の足が踏み固めた小道を登る。

西日に照らされた、小さな山畑があった。

粟の切株が並んだ先に、稗《ひえ》と四国稗の畑が並んでいた。それらの雑穀はまだ、灰色や赤茶の穂を上へむけている。

姿は見えぬが数知れぬ小鳥の声が聞えた。

畑の中には鳴子《なるこ》が下がっていて、縄で二つの番小屋とつながっていた。戸口すらない番小屋はそれぞれ三、四人入るのがやっとという狭さだ。丸太の骨組に萱束《かやたば》や柴木《しばき》の束をかけた小屋である。

獅子若は、

「よし。早速、仕事だ。あの鳥を追っ払うぞっ」

馬を木につないだはぐれ馬借衆は、畑に駆け込む。

するとどうだろう。

横倒れした稗や、かろうじて立っている四国稗から——何十、いや何百羽もの小鳥が飛び立ち、一つの雲となり、まとまって逃げてゆく。小鳥たちの羽根は西日の残光に射《い》貫《ぬ》かれて山吹色に燃え立っていた。

獅子若たちは焦げ茶色の稗の穂、赤茶色の四国稗の穂を少し刈り取り、それを「馬の畚《ふご》」という耳の後ろに垂らす小籠に入れ、鯨たちに喰わす。

粟というのはエノコログサ（猫じゃらし）を食用としたもので、人の背丈くらい高くなり、大体、一尺か二尺くらいの金色の穂を垂らす。稗は、犬稗という雑草を食用にしたもの。四国稗は朝鮮稗ともいって、オヒシバの仲間を改良したものだから、野生のオヒシバより遥《はる》かに大きくそだつ。オヒシバの元締めというべき姿をしている。

もぐもぐと無心で雑穀を食《は》む鯨や春風を眺めながら獅子若と佐保は微笑《ほほえ》み合った。

佐保は、春風の鬣をやさしく愛撫《あいぶ》する。

「稗と四国稗は、すぐ力になるわ」

「ああ」

「土佐に行くには、高い山を越えなきゃいけない。草でなく、雑穀を食べさせたいなあって思ってたのよね」

獅子若は、赤茶色の穂を鯨の畚に入れる。

「だけど茶木大夫は雑穀だけ喰わせると馬は病になる、馬の体に一番合ってるのはやはり草……こう言ってたぜ」

「さすが獅子若の師匠。それは、正しい」

西日に頰を照らされた佐保は長い髪を掻き上げた。

「普段は少し麦、塩をまぜた草にする。ここぞという大仕事の前や、よほど疲れている時に――雑穀をたっぷり与えるの。やり過ぎはよくないわ。あとは……雑穀でも張り切ってくれない馬に、ニンニクを食べさせて活を入れる時もある……。勿論《もちろん》、これも用心が必要な餌ね。だから、やっぱり、わたしたちはどの馬にいつ何を食べさせたか、しっかりわかっていないといけない」

「凄《すげ》えな、お前、そこまで……」

「あら、馬借として当然じゃない？」

佐保と姫夜叉が同じ小屋、男三人が別の小屋に泊った。

夜追いの仕事をするのだ。

夜追いというのは番小屋に籠り、大声で叫んだり、音を出したりして、畑の作物を獣から守る。番小屋には畑に吊られた鳴子を響かす綱が伸びていて、棍棒《こんぼう》が一本ずつ置かれていた。山犬や猪など気性が荒い獣と対峙《たいじ》する道具に思われた。

佐保がいる小屋は、既に刈られた粟畑に面していた。だからほとんど仕事はない。安眠が、約束されていると言ってよい。

男衆が入った小屋――佐保たちの小屋と半町ほどはなれている――の前では、嵐に薙《な》ぎ倒された稗と四国稗が、ずっしり穂をふくらませていた。……山の衆が狙うとしたらまずここである。獅子若たちは三交替制にして朝まで目を光らすことにした。

夜空で青い星、赤い星が、チカチカと息をし、ひそめき合う下で、獅子若は鳴子につながる綱を右手に、梶棒を左手ににぎり、胡坐《あぐら》をかいている。

十阿弥と昌雲は鼾《いびき》をかいていて、今は獅子若の番だった。

さっきから、やけに粘つく眠気が獅子若を襲っていた。

(ひい、ふう、みい……駄目か、山科《やましな》の柞原《ははそはら》、信楽《しがらき》の里……)

馬借をしていると行ったことはある地名は勿論、行ったこともない地名が心の中に地層を形づくってゆくものである。

(初瀬山《はつせやま》、播磨潟《はりまがた》、瀬田《せた》の唐橋《からはし》、飾磨《しかま》の市、ああ駄目だっ、益々《ますます》眠くなってきた)

梶棒を下ろし左頬をつねった時だ。高くふるえ、長く引きずるような、馬の鳴き声が響いた。

(――怒りの声)

間髪いれず蹄《ひづめ》で鋭く地を蹴る音がする。

五頭の馬は今、畑から少しはなれた木立につないでいた。——馬たちを、何らかの異変が襲っているのだ。

獅子若は棍棒片手に小屋から出る。

眠り呆《ほう》けていると思っていたいま一つの小屋から佐保が飛び出した。佐保も、棍棒を持っていた。

二人はうなずき合うと星空の下、粟の切株を踏み潰し、騒ぎがする方に駆けた——。

畑が終り、クヌギの葉が獅子若の額にぶつかってくる。

犬に似た、わななくような吠《ほ》え声が響いていた。

五頭の馬は、小さい馬——蛟竜と土佐ひじきを内側に、大きい馬——鯨、春風、三日月を外側にして、十数匹の獣と睨み合っていた。

山の獣どもは甲高《かんだか》く吠えながら馬を喰らわんと、駆け寄る。その度に鯨や春風が鋭く蹄を振り落として威嚇。追い返している。

（山犬か）

——鯨たちは日本狼《おおかみ》の群れに襲われていた。

影となった肉食の殺気が、鯨に跳びかかろうとするも、鯨が勢いよく蹄を振り下ろすと、さっと退く。

棍棒を固くにぎった獅子若は狼を叩き潰そうと振り上げた。

刹那、獅子若の胸の底で、重い制動となって止めてくるものがあった。

はぐれ馬借衆の——不殺の掟《おきて》。

掟は、獣をふくまない、とは言っていない。人を殺してはいけないのは自明であるけれど狼はどうなのか。

（佐保は……旅の途中、腹を空かせた俺が川魚を捕るのを、止めなかった）

ということは、はぐれ馬借衆の不殺の掟とは、蚊も魚も決して殺《あや》めてはならないという仏教的な戒律とは違い、人は絶対に殺めてはならない、他の動物については無益な殺生をせず、生きていく上で必要な殺生しかみとめない、なるべく慈悲をかける、こういうことなのではないかと、獅子若は思う。

鯨に追い払われた狼がこっちにむかってくる。

（棍棒《こいつ》だと、殺しちまう）

棍棒をすて、金礫《かなつぶて》を、出した。

跳びかかってくる狼の脚めがけて——投げた。

「キャンッ」

甲高い叫びが夜の林を引き裂いた。

佐保を狙って、別の狼が疾走する。

「野郎っ」

二つ目の金礫を投擲《とうてき》する。胴に食らった狼は、低木を薙ぎ倒してくずおれた。十数匹の狼は動きを止める。が、再び激しく吠え立てる。鯨と蛟竜が、興奮した様子で嘶《いなな》いた。

「どうした、どうした？」

松明を揺らした十阿弥、姫夜叉が後ろから走ってくる。昌雲もついてきた。

「見ての通り、山の衆に襲われてらあっ！」

獅子若は、狼を威嚇するため、大声で怒鳴った。

と、四、五匹の狼が一勢に馬たちを襲おうとした。十阿弥の手から梨ほどの物体が——三つ飛ぶ。

豪速で飛んだ三つの猛気は、確実に三匹の狼を斃《たお》した。獅子若の礫が群れを統率しているであろう大狼を叫ばせる。途端に、狼どもに動揺が走る。

さっと背をむけ、闇にいだかれた林に、消え入った。

「やった、全て追い払ったっ」

逃げた方向にひろった石を投げながら姫夜叉が叫ぶ。そして、佐保が、

「どの馬も傷ついていないか、すぐにあらためて」

前首領の娘は、高らかに言った。

馬医である十阿弥が松明をかざして馬たちに歩み寄る。獅子若も、鯨や春風が怪我《けが》していないか、素早くしらべる。

まだ興奮冷めやらぬ馬たちは、激しく息を吐いている。

だが——一筋の血も流れていない。

(よかったっ)

温かい微風が殺伐と波打っていた獅子若の魂に吹きかけられた。獅子若に息を吹きかけた馬たち。鯨や春風の温もりが、心に浸み込んだようだ。

「どの馬も無事じゃ」

全頭をしらべ終えた十阿弥は、安堵の声を発した。

「よし。十阿弥、昌雲さん、夜追いの方はたのむ。雑穀を喰いにくる鹿も厄介だが、馬を喰いにくる狼も大事《おおごと》だぜ。はぐれ馬借なのに馬がねえなんて、洒落《しやれ》にもならねえ。俺はここで見張る」

獅子若は、言った。

「わたしもそうする」

佐保が、藪《やぶ》をくぐる時にからみついた蔓《つる》や蜘蛛《くも》の巣を、やさしげな肩からはたき落とす。

「粟畑の取り入れはすんでいるから、わたしもここで馬を守る」

十阿弥が、

「ほほう」

姫夜叉は、

「ふふーん」

「え？　何？　ほら、馬たちの気が……立っているでしょ？　馬を落ち着かせる唄があるのよ。それを歌おうと思って」

姫夜叉と十阿弥は顔を見合わせている。

「おう、猪がきたら、どうすんだ。早く行け」

獅子若は二人を、乱暴に押した。

「全くこの男は……爺《じじい》に何てことをするんじゃ」

「子供に、何てことをっ」

獅子若は、吹き出す。

「都合がいい時だけ、老人、子供を持ち出すんじゃねえ。さっさと行け。遊びできてる訳じゃねえんだ」

獅子若と二人だけになると佐保はやわらかく静かな声で歌いはじめた。時には高く、時には低く、時には澄んで、時にはかすれるその声は、言葉にはなっていない。だが、乱れていた心を解きほぐし、鎮まらせてゆく不思議な力があった。初めに小さな二頭、葦毛《あしげ》の馬で泳ぎを得意とする牡《おす》の野間馬、蛟竜、すばしっこさに優れる牝《めす》の土佐馬、土佐ひじきの耳元で佐保は歌う。動揺していた小馬たちは落ち着いてくる。

次に佐保は、みじかい距離を速く駆けることなら誰にも負けない黒駒、三日月の耳元で歌う。三日月が地面を蹴るのを止める。

鯨は時々、嘶きを飛ばし、駆け出そうとしては、縄を激しく揺すっている。この青鹿毛《あおかげ》の猛馬は、佐渡《さど》の牡馬《ぼば》である。一際体が大きく、獰猛《どうもう》で、桁外れの怪力を持つ。ちなみに、鯨の黒は三日月の漆黒と違い、青みがかっている。

鹿毛であり、もっとも高い持久力、運搬力を持つ南部馬の牝、春風は、鯨を案じるが如き面持ちを見せていたが、やはりいつもより息遣いは荒かった。

三日月を落ち着かせた佐保は最後に一際大きな二頭、鯨と春風の傍《そば》に行く。

鯨は初めあらぬ方をむき脚を激動させたが、春風はすぐに佐保に顔をすり寄せてきた。

佐保は時々唄を止《や》め、春風の首や肩をやさしく撫《な》でてやる。

春風はすぐに、心地良さげな目付きになった。佐保と春風は、二者というより、不可分のものであるような穏やかさをたたえていた。

佐保と春風が放つやわらかい磁力に鯨がからめ取られたらしい。乱暴な動きが、止る。

「よし」

佐保は今度は鯨に言い聞かせるように歌いはじめた。しばらくは唄に耳をかたむけていた鯨だが、夜の森に不穏なるものを見たのか、左右の耳をまた落ち着きなく動かす。

——警戒心がきわめて強く、むずかしい気質の馬、孤高、孤独を好む馬なのだ。

「鯨ぁ」

獅子若が歩み寄った。

佐保が唄を止めるが、獅子若はつづけてくれと手ぶりする。

「狼の心配はねえ。——俺が、傍にいる」

鯨の前に立った獅子若も、佐保の真似《まね》をして、歌ってみる。

別々に動いていた二つの耳が、大人しくなる。唄に聞き入っているようだ。

獅子若と佐保が撫でても——鯨は暴れようとはしなかった。

二人は見つめ合い、同時に笑う。

「お前の唄、本当に上手だ。もしもだぜ、はぐれ馬借ってもんが、なくなっちまったらよ、お前は旅をして唄を歌う、そんな仕事でも生きていけそうだ。それくれぇ、上手だ」

獅子若が言うと佐保はやや首をかしげた。

「……ありがとう。ただ、わたしは、大切なものを預かり、遠い国まではこぶ今の仕事が好きかな。昨日だって大水で苦しんでいた阿南の百姓たちは、わたしたちが届けた勧進の銭を見て、ほっとしていたでしょ？　ああいう人の顔を見るのがわたしは好き」

落葉に埋《う》もれるように倒れていた、朽ちかけたクヌギに、二人して座った。頭上でコウモリがはたはたと飛んでいる。

「だから多分、馬借じゃなければ、船乗りとかをやってみたい」

「どちらにしろ、旅、な訳だ」

夜風が吹き飄《ひょう》々《ひょう》たる梢《こずえ》から海に似たざわめきが聞えた。

「獅子若は？」

「うん？」

「獅子若は……馬借でなければ、何をやっていたと思う？」

佐保の言葉は獅子若の胸の中にある炉で暗い炎を爆《は》ぜさせる。

——荒くれ者どもを率い、敵対する輩と印地《いんじ》でぶつかり合う様が、胸底で活写された。

見抜いたように、佐保は、小首をかしげる。

「印地をしている自分と、馬借をしている自分、どっちが本来の自分である気がする？」

「わからねえ」

獅子若は素直に答えた。

「前にも言ったろ？——印地は、娯楽《あそび》で始めた訳じゃねえ。楽しくてやってた訳じゃねえ。身を守るための術《すべ》だった。印地でよ、下らねえちょっかいを出してくる奴らを叩き潰し、俺はあの町で生きてきた」

「………」

「東坂本に行ったことは？」

「ないわ。だって、馬借の町だもの。はぐれ馬借は普通、馬借がいないか、足りていない所に行くものよ」

「だよな。三津浜《みつはま》って所で、年に一度、誰が一番強《つえ》ぇ印地打ちか決める。行司もいて、一対一で戦い、勝ち抜いていく。十四の時、初めて三津浜の印地に出た。その頃、三津浜では穴太《あのう》の出の、猿ノ蔵人って男が幾年も頂《てっぺん》にいた」

「穴太って、穴太衆の？」

穴太衆――比叡山が誇る石工集団で、自然石を一つの加工もなく見事につみ上げる、野面積《のづらづみ》で寺の石垣などをつくってしまう。穴太は東坂本の少し南にある村である。

「野面積の石工だけに……金礫じゃなく、でかい石を飛ばす。化物みてえな速さでな。そんな石をごろごろ背負ってやがる。背負い籠に細工してあってよ、横からひょいと、でかい石を出すんだよ」

「恐ろしい人ね」

「喧嘩印地の度がすぎて、穴太を追われ、東坂本で無頼をたばねてやがった。十四で三津浜に出た俺は……そいつを倒した。奴は近江にいられなくなり、俺は幾度かそいつの舎弟に殺されかけた。その都度、金礫で潰してきた」

佐保は目を伏せ、うつむく。

「俺の印地は、そうやって鍛えられたもの。だから好んで印地打ちをやるってことはねえ」

「訊《き》き方が悪かったわ」

「いいんだ。馬に出会わなかったらよ、猿ノ蔵人みてぇに、生きてたかもしれねえしよ」

獅子若が苦々しく呟《つぶや》くと、佐保は、

「その猿ノ蔵人って人は……今、何処で何をしているんだろう？」

「さあ。俺は奴の片方の目を潰した。山賊とか海賊とかに、なってなきゃいいなぁと思う」

「…………」

と――藪から妖気を感じた獅子若は腰を浮かし、金礫をにぎる。

「まて、まて、まてっ。獅子若、あたいだ！」

藪がガサガサ、慌てふためいた。

「姫。てめえかっ。――何してた？」

獅子若が鋭い一喝を叩きつけると、姫夜叉は、

「獅子若が佐保姉ちゃんに妙な真似しないか、よぉく目を光らせとけって、十阿弥が言うんだもの」

「何——。ちょっと、待て、てめえ！」

獅子若の声に、ドタドタ駆け去る姫夜叉の足音がかぶさった。

「こら待てっ」

追いかけると、姫夜叉は、派手にすっ転んだ。

「ほぉらつかまえたぞ」

獅子若の丸太のように太い腕が姫夜叉の襟をつかんだ。

と、打って変って真剣な面持ちになった姫夜叉は、辺りを見まわした。小さな体には

獅子若以外の何かへの、強い警戒がやどっていた。

「…………」

「どうした？」

姫夜叉は獅子若に囁《ささや》く。

「……誰かが……あたいらを見ている」

——やけに低い声であった。

「何？」

獅子若が、目を鋭くする。

「なーんてね」

獅子若を小突くと、姫夜叉は素早く逃げ出した。

「ちっ」

舌打ちした獅子若は茂みを掻きわけ、さっきの所にもどる。

佐保は形がよい唇に手を当てて笑っている。

「獅子若をそんな人だと誤解しているなんて、十阿弥もひどいわ」

佐保の胸のふくらみが目に入る。獅子若は思わず血が熱くなるのを抑えられない。

「全くだ」

かすれ声で呟いた獅子若は、佐保から目をそらした。

＊

獅子若たちのいる地から南西――。

朝の霊気が杣山をつつんでいる。

板塀に囲まれた堅固な屋敷の端に、下人小屋、下女小屋がある。その隣に折檻《せっかん》小屋があった。

作業が遅い下人下女、反抗的な下人下女を懲らしめる小屋である。

今、屋根に開いた穴から、身を切るような冷たい風が襲ってくるその小屋で、十歳の赤丸《あかまる》と九歳の末吉《すえきち》は、穴だらけの衣に筵《むしろ》をかぶり、ぶるぶるふるえていた。

下人下女には山の各所に点在する粟畑、稗畑での取り入れ、運搬が命じられていた。それらは杣人と馬方、そして下働き自身の糧となる。

その他に下人は脱穀、下女は楮《こうぞ》を採ってきて太布《たふ》を織ることが命じられていて、子供の下人には薪《たきぎ》取りが割りふられていた。

一日の仕事量は厳しく決っていて、達成できないと下人頭《がしら》から棒や鞭《むち》で殴られる。稗粥《がゆ》を減らされたりする。

赤丸と末吉、二少年の体中にある傷や痣《あざ》が、痛ましい仕置を物語っている。大人しい末吉にくらべて、赤丸は明るくも攻撃的な性格だった。

昨日、末吉は風邪《かぜ》気味であった。

そのことを下人頭に言うと、意地悪なこの男は、

『この悪童《わりとこし》が、嘘《うそ》ばっか言いな。昨日まで、あれだけ元気そうじゃったくせに。さては怠けようとしゅうにゃ』

全く取り合ってくれなかった。

この下人頭は、虐げられる立場から一転、虐げる立場に格上げされたことを喜び、その輝かしい椅子を他の者に取られぬためには、一層陰惨に下人下女に当るより他にないと思っているようで、特に弱い者——子供老人をしつこく痛めつけるのであった。

案の定、末吉の働きぶりは、悪かった。

金色《こんじき》の粟の穂を山のように竹籠につつんで山道を歩いている際、ふらついてしまい、粟をこぼし、待っていましたとばかり飛んできた雀《すずめ》どもに、いくばくかの分け前を与えてしまった。

下人頭に棒で追い払われた雀どもを眺めながら末吉は、もう少しで怒られるとわかりつつ、雀どもの何と自由そうなことか、もし出家が説くように輪廻《りんね》が真《まこと》にあるなら……次は雀として生れたいと、心から願うのだった。

鳥を追った下人頭に、末吉は横面を張られた。ぶたれた頬が火のように熱くなる。

それを見た、赤丸が勇気を出して抗議してくれたのだ。

『何しゆうが、末吉、病やと言うちょったぜよ！』

すると、下人頭は、赤丸にも激しく怒り、二人はさんざん打ち据えられたあげく、棒で殴られ、折檻小屋に押し込められた。

隙間風により、下人小屋より寒いその小屋に、「大夫様《たゆう》」の許しが出るまで閉じ込められるのだ。

昨日何よりも心が温まったのは、夜更け、老いた下女が二人を訪ねてきたことである。

人目を忍んで入ってきた皺《しわ》深き老女は、にっこりと微笑んで、

『とても足りんじゃか。二人とも……育ちざかりじゃきー』

小声で慰めると、粟餅を一つずつにぎらせてくれた。

さらに、布でつつんだ温石《おんじやく》もわたしてくれた。

『うちがきたと言うたらいかん。さあ、食べーや』

『……わかっちゅう、ありがとう』

『おおきに。ありがとう』

童らが謝意をつたえると出て行こうとした老女は顧みる。

『うちは……年貢がおさめられんで、名主様への借入れが膨らんだぞね。そいて、下人として……ここに売られてきた。死ぬる前に己が村を一目見たかったが無理のようじゃ。悪い咳《せき》が出るし、直《じき》お迎えがくるようやにゃー』

『…………』

『おまんらは……時間《とき》が沢山ある。辛《え》ずうて泣ける日もあるけんど、強く思いつづけちょれば、必ずここから出られる』

目を細めてそう呟くと、腰がひどく曲がった老女は出て行った。

熱によるものか、祭りの夜に髭面《ひげづら》の男に攫われた時から今にいたる日々が、悪夢となって末吉を苦しめる。

人さらいは末吉を、陰間《かげま》を求める富者たちに売ろうとしたようである。

だが、その男たちは――、

『も少し唇がふっくらした子が好みなのじゃ』

『痩せすぎや。もそっと、肉がついた童やないと』

などと難色を示し、どうしても買い手がつかない。こうして末吉は安値で、堺の悪名高い人商人《ひとあきびと》に買い叩かれた。人商人は末吉を四国に行く船に乗せた。

こうして、彼は、次々と下人下女が死ぬため、常に新しい働き手をさがしているこの山の主に買われてきたのである。

今朝、筵につつまれた末吉が寝返りを打つと、冷え切った温石がこぼれ目が覚めた。

赤丸は既に起きていたようだった。

痣と傷が目立つ赤丸の鼻っ柱が強そうな相貌は、いつにもまして硬かった。何かを思い詰めて、それが結晶化したように思われる。

「起きてたん？」

末吉の問いに赤丸は答えぬ。

珍しく重く黙り込んでいる。

しばらくして、言った。

「……もし俺がここを逃げる言うたら、末吉はついてくるが？」

戯言《ざれごと》などではない、かなり思い詰めた声であった。

末吉はしばし、黙っていた。

ここを逃げようとした下人下女がどうなったか、知っていたからである。

「……殺さえるわ」

自分でもはっとするほど低い声音《こわね》であった。

赤丸は、顔を歪《ゆが》める。

「覚悟の上ぜよ。もう嫌なんじゃ。ここで、疲れて死んだり、飢えて死んだり、凍え死んだりするのも、殺されるようなもんじゃか。やったら、よー逃げるか賭けてみる」

赤丸の真《ま》っ直《す》ぐな視線が、自分にそそがれている。

「――わしと一緒にくるが？」

「…………」

末吉は唇を噛《か》んだ。穴だらけの粗衣と皮膚のあわいに、ノミがいるようで肌が痒《かゆ》い。

もし、逃げたら、侍衆や馬方、下人頭が繰り出される。

追手の牙が自分に迫った時、

(――逃げられるんやろか)

思い切り歯噛みした末吉は首を横に振った。

赤丸は、しばし黙していた。そして、大きく息を吸うと穴が開いた屋根をあおいだ。

「……そうか。今のは、冗談じゃや。忘れえーや。俺じゃち、よー逃げるとは思わんきー」

寂しげな笑みを浮かべるのだった。

＊

正長元年八月十二日、当代の暦では九月終りであるこの日、昌雲もくわえたはぐれ馬借衆は早暁に番小屋を発《た》った。

獅子若たちが朝霧の中に消えると、二人の男が畑に現れた。

賊の一味、隼とその相棒だ。

冷えた笑みを浮かべた隼たちは手早く火を熾《おこ》すと、赤く燃える松明を畑に放った――。


はぐれ馬借衆と昌雲は昼前、木頭に入っている。山深き里だ。

樫類とモミ、ケヤキが両側に茂り、谷底で急流が飛沫《しぶ》いている。鱗雲《うろこぐも》が並ぶ狭い青空で獲物をさがす犬鷲《いぬわし》が風に乗って滑っている。

緩斜面を利用して、山家《やまが》と畑がはりついていた。畑では白い蕎麦《そば》の花が咲いており、青草の原に一面の雪が降ったようになっていた。焦げ茶色に色づいた稗畑、赤茶色の四国稗の畑がみとめられたが、稲田は一つもない。

ここ木頭は土佐に近い南阿波の山村で、杣人、狩人、木地師《きじし》が暮す。

そうした山の民の家は総じて萱葺《かやぶき》で、壁は板や木の皮でつくられていた。

真っ白い蕎麦畑と、親戚たるオヒシバが混じった四国稗の畑のあわいを、獅子若たちは行く。

と——村の方から二匹の柴犬《しばいぬ》が走ってきた。一匹は茶、もう一匹は黒い。

二匹をみとめた佐保は春風の引き手綱《たづな》を獅子若に託すと、笑いながら飛びつく二匹を抱きとめている。

「ごん太、ごん次！」

佐保がしゃがむと、二匹の柴犬は前足を佐保にかけ、夢中になって垂れ髪や頰を舐めはじめた。

十阿弥が、破顔する。

「ごん太とごん次はな、この村の木地師をたばねる雄熊大夫《おくまだゆう》の犬じゃ。土佐の四大様に詣でる時、我らは雄熊大夫の家に泊ることが多いのじゃ。雄熊大夫のつくった椀《わん》や盆などを、勝瑞まではこんだこともある」

佐保の顔を舐めまわしていた犬どもは、舌を楽しげに出し、きらきら光る黒瞳《こくどう》を時折こちらにむけながら、一行を導きはじめた。

ゆるらかさと逞《たくま》しさが混在する山村を、一行は小走りに行く。小屋の前につまれた榑《くれ》の横で野菊が咲いた杣人の家。小柴垣で生皮を乾かし、庭先にしかれた菅筵《すがむしろ》で獣肉を干し、その傍らの焚火《たきび》で美味《うま》そうな串焼きが汁を垂らしている狩人の家。

雄熊大夫の家は稗畑を登った先にあり、高い柴垣に囲まれていた。枝付きの自然木を何本も突っ立てた野趣あふれる垣である。垣には網代戸《あじろど》がしつらえられていて、それは今、開いている。

ごん太とごん次は、時折顧みながら、網代戸を通って母屋《もや》にむかい、高らかに吠える。

板敷の母屋では二人の男が轆轤《ろくろ》を動かしていた。

少し垂れ気味の二重の眼で、唇が厚い若者が二本の紐《ひも》を両手でにぎり、轆轤をぐるぐるまわす。いま一人の男、この若い男によく似た壮年で口髭を生やした男が、轆轤鉋《かんな》と呼ばれる道具をまわされている椀──正確には椀になろうとしている白木──に当てる。金属と木が高速でふれ合い、薄い菓子のような鉋屑《くず》が、面白いほど次々に床に落ちてゆく。

（木地師か……）

木地師──トチ、ケヤキなどから椀、盆、箱、碁盤などをつくる職人である。

東近江に「小椋谷《おぐらだに》」と呼ばれる山里がある。鈴鹿《すずか》山脈にいだかれた木深き所で、東海道と東山道《とうさんどう》にはさまれている。

この小椋谷にかつて惟喬《これたか》親王が流された。母が藤原《ふじわら》氏でなかったため、都から追われた悲劇の親王だ。親王は轆轤をつかって道具をつくる術を里人たちにおしえ、その教えを受けた里人が諸国にちらばり、木地師になったとつたわる。

そう。獅子若がそだった近江こそ、木地師の故郷なのである。


若い男が轆轤を止める。

「客人かえ？」

轆轤鉋を持った男がこちらを見、腰を浮かせた。

「佐保殿……十阿弥殿！　久方《えっと》ぶりじゃぁー」

喜色が二人の相貌に浮かんだ。

壮年の木地師が、この木頭で屈指の実力者である雄熊大夫、若い方はその倅《せがれ》であった。

「さぁ、さぁ、上がり。上がり。丁度、隣の狩人が大《お》っきょい猪仕留めたと話しとった。それもらってくる。うちんくの味噌《みそ》で煮込んだ猪汁は絶品ぞぇっ」

雄熊大夫にうながされた息子が、狩人の家に走る。

一行は棚に漆を塗られていない椀や盆が整然と並べられた部屋に通された。

板の床にしかれた荒い菅筵に、腰を下ろす。若い女が白湯《さゆ》を持ってくる。

「倅の嫁じゃ」

女の腹が大きくなっているのをみとめた姫夜叉が子安貝《こやすがい》を出す。

「まあ……子安貝がない内は、ええ産屋に入れん（とても産屋には入れない）と思いりょんで！　この子安貝、なんぼ？」

「五文と言いたいけど三文におまけしとくね」

女の妹も他の里に嫁ぎ、ややを授かったというから……子安貝が二つ売れた。

大喜びで、嫁は出て行く。

「父御は、将監《しょうげん》殿は後で？」

白湯を啜《すす》りながら雄熊大夫は何気なく口にする。

佐保のととのったかんばせに、憂いが浮かんだ。睫毛《まつげ》を伏せ、唇を小さくふるわせ、

「父は……もう、いません。筑前尉《ちくぜんのじょう》も。ある危険な役目の途中で……」

「何と——」

雄熊大夫は、大きく驚く。

十阿弥が、獅子若に居直った。

「その代り、あたらしい仲間もくわわった。これなる獅子若と姫夜叉じゃ」

「……ほうか。ちっとも知らざった。若い二人がくわわり、何とも心強いことじゃ。土佐の行きしなに？」

「ええ」

佐保は、答えた。

雄熊大夫は身を乗り出す。

「実はの、土佐の安芸家の姫君が今度、輿入《こしい》れするんよ。大層な嫁入り道具もとめとう……」

安芸家は嫁入り道具として食膳の器物を考えているという。嫁入り道具には、表道具と呼ばれる儀式用の華美なものと、本当に日用につかうものの、二種類がある。表道具は通常、金蒔絵《きんまきえ》、銀蒔絵などがほどこされ紋が入った豪奢《ごうしゃ》なものである。

「わしの腕見込んで、日用の丈夫な道具、白木でつくれちゅうお達しがあった」

白湯を一口飲んだ佐保は、椀を置く。

「それは名誉なことですね。安芸様の御領内にも、木地師はいるでしょうに」

安芸家は東土佐の有力国人《こくじん》である。国人とは、複数の地侍を支配し、いくつもの村や町に力をおよぼす大領主だ。安芸、香宗我部《こうそかべ》など国人の上に、土佐では守護代・細川満《みつ》益《ます》がいる。守護代とは守護の代理人という意味だが、土佐の守護の他に摂津、丹波《たんば》、讃岐の守護を兼ねる細川持元《もちもと》は京にいるため、守護代の満益が実質的な土佐の監督者だった。その満益、持元も一目置く東土佐の実力者こそ――杣山の富をにぎる安芸元実《もとざね》だった。

「丁度、あとちっとで仕上がりちゅう処までできた。ほしたら、おまはんらが来た。これはもうはぐれ馬借にたのめちゅうことじゃろう」

「喜んで！」

佐保は白い歯を見せて快諾した。

雄熊大夫は轆轤をつかって椀や木皿をつくる椀木地師だが、この里には、釘《くぎ》を用いず棚などをつくる指物師《さしものし》や、桶専門の曲げ物木地師など、他の木地師も暮す。そうした他の木地師や狩人などからも土佐で売る荷を預かると決った。

朝餉《あさげ》がまだだとつたえると、雄熊大夫は、倅がもらってきた猪肉をつかって、食事を振る舞ってくれた。

稗飯、小豆《あずき》入り――稗を炊いた、米の飯にくらべ、随分ぱさぱさした飯である。

稗ろうすい（おみいさん）、猪肉入り――稗ろうすいは木頭では味噌汁代りに飲む。いりこでとった出汁《だし》に、稗、シイタケ、ずいきをぶち込む。味付けは味噌。底冷えする山の夜に火傷《やけど》するほど熱いのを掻き込むのが、実に旨《うま》い。

やつまた団子――阿波の山村では四国稗を「やつまた」という。穂が八つくらいに、わかれるからだ。やつまた団子は茶色い団子で、雑穀でつくった団子の中で、格別とされる。

そんな飯を、わいわい話しながら、喰らった。

馬たちにも稗と四国稗が供されている。

と、表で、ごん太、ごん次が、火のように激しく吠え出した。

「何騒《いが》っとんえ？」

雄熊大夫の倅が椀を置いて外に出る。

すぐに、もどってきた。血の気が失《う》せて、眼が大きく剝かれていた。

「隣村の衆じゃ。二十人くらいで、押しかけてきとう！」

「何と……」

雄熊大夫の倅は獅子若たちに一度視線を走らせ、

「――馬借衆出せといがっとう」

獅子若たちは、顔を見合わす。

「何でも親切で番小屋に泊めたけんど、ほの小屋と畑に火放った。悪党懲らしめるけん出せと、いがっとう」

険しい面相になった獅子若は、立つ。

「誤解だぜ。火なんか放っちゃいねえ。たしかに、番小屋に泊ったのは俺たちだが、火なんぞつけていねえ！」

佐保も青ざめた声を、出す。

「その通りです。どうして恩人の畑に、火などかけましょう」

十阿弥、姫夜叉は稗飯を喉に詰まらせ夢中でうなずく。

雄熊大夫はぐれ馬借の一人一人、そして昌雲をじっと見つめてから言った。

「おまはんらが嘘言《ごじゃ》うとるように、思えん。ほんなら……火が自ずとついたか、何者かが貶《おとし》めようとしたか、どちらかじゃ。心当りは？」

　はぐれ馬借衆は、首を横に振る。雄熊大夫は昌雲に、訊いた。

「坊様、貴方《あなた》は？」

「勧進で四国めぐってきた。何《なえ》で……怨《うら》まれるんけ？　勧進騙《かた》る透波《すっぱ》もおる言《ゆ》うが剛道様はそないな人やない」

「そう言えば」

　獅子若が姫夜叉を見た。

「てめえ、昨日よ——誰かが俺たちを見ている、って言ったよな」

「言ったよ」

　額に手を当てた姫夜叉は自分の内側に沈む表情、昨日の情景を思い出す顔様になっている。

　囲炉裏《いろり》には五徳が二つ据えられていて、その上に鍋が二つあり、小豆が混ぜられた灰色の稗飯の残り、泥状になった稗ろうすいのお代り分が入っている。姫夜叉はそれらがまるで自分の記憶が固形化したものであるかのように、じっと正視した。

「あたい……元盗人だったでしょ」

「ほうなのか？」

　雄熊大夫が複雑な顔で腕をくむ。

「誤解しないでね、今は違うから。今は馬借。昔の話。しかも、あたい、火付けなんかしたこと一度もないから！　これは本当。信じて」

姫夜叉は、手を大きく横に振った。

「で……盗人ってさ、人の目を気にするでしょ？　人が見てない処で、しゅっと、掠《かす》める訳だから」

山中で器作り一筋に励んできた雄熊大夫は、

「……悪童《わるそ》じゃ」

「てな訳で、あたい、誰かに盗み見られたりすると、すぐわかるんだよね」

佐保は固唾《かたず》を呑《の》む。

「昨日、それを感じたのね？」

姫夜叉は、言う。

「うん。二、三回。だけどそっちを見ても誰もいないから……気のせいなのかもと思った」

十阿弥が首をひねる。歯が欠けた口を開き、

「一応、辻褄《つじつま》は合うな。つまり、何者かが我らをつけていた。その者が我らを罠《わな》にかけるべく、畑に火を放った。ただそれが誰なのか皆目わからん」

黙り込む雄熊大夫に、昌雲は言った。

「この馬借衆、ほんな乱暴できん人やで」

「……わかった。何処まで信じてくれるかわからんけんど、今の話、隣村の衆にしてみる。間違いが起きたらあかん。おまはんらは、ここにおってつかい」

雄熊大夫は息子をつれて外に出て行った。

獅子若は、考え込む。

（一体誰が――。俺たちの誰かか、昌雲さんに怨みがある奴ってことか？）

印地で数多くの敵を倒してきた獅子若は近江近国であれば、自分に怨みを持つ者がざくざくいることを知っていた。だがここは四国である。

考えても考えても、わからなかった。

――雄熊大夫が出て行ったものの事態が好転した兆しはない。

激しい怒号が、表から聞こえてくる。

やきもきした獅子若は足取り荒く飛び出そうとした。

と、

「待って」

佐保が、手を引いている。

「どうするつもり？」

「俺たちがやってもいねえことで、ああだこうだ言われるのが嫌なんだよ。あと、少しもやましい処がねえのに、こんな所でこそこそしてるのが性に合わねえ！　俺が話《なし》をつけてくる」

「わたしも行く」

荒ぶる獅子若の心を落ち着かせる、不思議な静けさを持つ声だった。

「獅子若だけだと話をこじらせてしまうかもしれない」

「な……」

佐保は、すっと立つ。

「十阿弥、姫。貴方たちはもしわたしたちに何かあったら、昌雲さんを土佐まで送ってね」

「佐保様を置いて、どうして行けましょう？　何処までも一緒です」

十阿弥が反論すると、佐保は頭《かぶり》を振った。

「いいえ。恩人の畑や小屋に、はぐれ馬借は火をかけた、こんな話が広まれば……わたしたちが培ってきたものは、一瞬にして終る」

「いかにも」

「だから、わたしは行くわ。前頭《さきのおかしら》の娘として――その誤解を解かねば」

毅然《きぜん》として清らかな気が、漂っていた。

「だけど、隣村の衆は激昂《げっこう》しているかもしれない」

「そう！　だからこそ、お供したい、こう申しております」

十阿弥が勢いよく言う。

佐保は琥珀《こはく》に似た瞳に、強い力を込め、

「駄目。もし、隣村の衆に、わたしたちみんなが捕われたり、斬られたりしたら、わたしたち……届けられなくなる」

白く小さい顔が、昌雲にむく。

「昌雲さんを、行方知れずになった息子さんの許に……」

「……………」

「わたしたち、昌雲さんを剛道さんから預かったのよ」

昌雲が墨衣をわななかせる。

「どんなに、ひどい吹雪《ふぶき》でも、嵐でも、大水でも、地震でも、はぐれ馬借は預かった荷を……それを待っている人に届けねば。荷物を途中で投げ出さない——この大切な掟を貴方は忘れたの？」

歯嚙みした十阿弥がうつむいた。

佐保は一人一人に顔をむけながら、告げた。

「火付けというあらぬ疑いをかけられた、これは大雪とか大水と同じ危難《わざわい》よ。立ちむかわなきゃいけない。だけど、それを言い訳に……役目を放り出しては駄目。辛《つら》い時こそ

――荷は、しっかり守る。

これが、はぐれ馬借でしょ？」

「………」

佐保から放たれた見えぬ清流が、はぐれ馬借としてあるべき方向に皆の心を導いている。

獅子若は――東坂本や京で、教養や豊かさといった表皮は立派でも、その内にろくでもないものが詰まっている人間を幾人も見てきた。佐保はそうした者たちと真逆である気がした。粗衣を着て、権門の子女が如き正規の教養を持っていない佐保だが、内面にしっかりと揺るぎなく、すがすがしい芯を持っているのであった。

十阿弥と姫夜叉は強い表情で佐保を見ている。

十阿弥が、言った。

「……正しいご判断かと思います！　それでこそ、前頭の娘御。たのもしくなられた」

姫夜叉も、

「佐保姉ちゃん……」

「印地は苦手であるのに。皆をたばねる力を、発揮されはじめた」

「一言余計よ十阿弥。二人とも――昌雲さんをたのんだわよ。では行きましょう」

佐保が歩き出す。

獅子若も、つづいた。

塞《さい》の神の祠《ほこら》の前で木頭の衆と隣村の衆が睨み合っていた。

猿田彦《さるたひこ》を祭神とするその小祠《しょうし》であろう。

槍《やり》や刀、そして斧をきらめかせた隣村の衆の中に、昨日の男、岩吉がいた。

「あっ、おまはん達《や》！」

怒気の熱流が岩吉の額で血管をぶちぶちふくらませている。黄ばんだ歯が、ふるえ出す。

「どれー（この野郎）、よくも、わしの畑焼き払ってくれたな！　恩を仇《あだ》で返す悪党がっ。畑のもん無《の》うなって……どないすればええんじゃ！」

「ほんに、あいつ達《や》なんか？」

「間違いないか？」

「許せん！」

隣村から押し寄せてきた二十人くらいが、一気に騒ぎ出した。

「――俺たちじゃねえぜ！」

獅子若は、叫んだ。

木頭の衆を掻き分け、前に出ると、岩吉に、

「たしかに俺たちは番小屋に泊った。だが、火をかけたのは俺たちじゃねえ」

岩吉は唾を飛ばし興奮する。

「何を……たわけたことをっ。昨日、わし、おまはん達に番小屋に泊ってええと言ったっ。ほんで、朝きてみると……畑も小屋も燃えとる。他に誰が焼きよん！」

「たしかに俺たちは、番小屋に泊り、夜追いした。宿を提供してもらい、ありがたかった。まず、その礼を言わせてくれ」

「礼などいらん！　悪党め」

「何を今さら礼など……」

「糞野郎《くそはん》が」

獅子若が、

「何だと――この野郎」

ギロリと隣村の衆を睨む。

「ちょっと獅子若」

佐保が、手を引っ張る。

塞の神の祠の脇に大きなモミの樹《き》がある。むっつりと黙り込むその樹がつくる木陰で、佐保の唇が開いた。

「昨夜は泊めていただき……ありがとうございました。わたしたちは、確かに夜追いをしました。一度、狼がきて、馬を襲った他は、変ったことはありませんでした。夜が明けたため、木頭にむかって出発しました」

「………」

「勿論、火はかけていません。仮にわたしたちが、下手人だとして、恩人である貴方の畑に火付けして何の得がありますか？」

荒ぶる人の心を落ち着かせる、独特のやわらかさが、佐保の声にはあった。

「それに、方角から言って、我らが木頭にむかったのは明らか。もし下手人だとして、この木頭でこんなにもゆっくりしているでしょうか？」

「では、誰がやった言うんか！」

岩吉の顔は、まだ険しい。

佐保は頭を振る。

「わかりません。ただ、少し前から、わたしたちを見張っている者がいるようです。その者が、わたしたちを陥れようとして、火をつけたのかもしれない」

「どない証《あかし》を立てる？」

「……立てられません」

岩吉は目を剝く。

「ほうなん。ほな、ほうゆうことで——こない素直に村にもどる訳にはいかん。うちんくに来《き》ー。そこで湯起請《ゆぎしよう》や。その結果によって、おまはん達が火つけたか、否か、見極める」

湯起請というのは——この時代の裁判のやり方である。煮えくり返った熱湯に手を入れる。火傷すれば有罪、火傷しなければ無罪とする。ほとんど有罪判決が出る裁判だ。有罪にされ、彼らの村で佐保と処刑される流れが、獅子若の中でありありと活写された。

「まあ、まあ、許してつかい」

雄熊大夫である。

にこやかに、

「畑と小屋焼かれて、憤るのはわかる。わしが同じ立場でもほうなるじゃろう。ほなけんど、はぐれ馬借衆は……この雄熊大夫の古くからの友。信頼できる者たちじゃ。また、その信頼こそ彼らの武器《かたな》やけん、嘘《ごじや》言うたり、盗みはたらいたり、火ぃつけたりなどということとは無縁の、気持ちええ旅の衆じゃ」

「…………」

「ほぉいて、今の佐保殿の話には真実味があった。この雄熊大夫に免じて、信じてやってつかい」

深々と頭を下げている。

一瞬意表を突かれた岩吉が叫ぶ。

「あかん！　到底、信じられんわ」

「ほうじゃ、ほうじゃっ」

隣村の衆は頑なであった。

雄熊大夫は、顔様を険しくしている。

「――何？　信じてくれん？……二十年前、境の山の入会《いりあい》をめぐり、双方血ぃ流れた。若い衆《し》は覚えておらんじゃろうが、乙名衆《おとなしゅう》は覚えておろう？」

白髪《しらが》頭の男たちが首を縦に振った。

「その時、わし、山ほどある言い分引っ込め……山一つお譲りした。まさか忘《わ》っせたなど――」

一際年輩の、藪睨みの老人が言った。

「よぉく覚えておりますぞ、雄熊大夫」

「そのわしがたのんどる。ほれでも――聞いてもらえんのかな？」

斧に似た硬質な気が、雄熊大夫の声に籠っていた。

「第一、もし佐保殿が言うたことが真で、火付けした者が他におるなら……おまはん達、真の下手人を逃がす。ほれで、ええのか？　悔しうないんか？」

「ほなけん湯起請――」

「いや。神にも……間違いはあろう。もし、下手人が他にいるのに神が間違え、この者たち斬ってしまえば、何があったかずっと藪の中ぞ！　それでええんか！」

雄熊大夫の双眸で、眼火が跳ねた。一気に畳みかける勢いのいい言い方に、隣村の衆はしばし黙していた。やがて岩吉が、

「真の下手人とやらをどないさがす？」

獅子若が言う。

「俺たちをつかえばいい」

「何？」

「俺たちはよ……諸国往来自由の過書《かしょ》を持っている。この六十余州で一番遠くまで旅する者。下手人のことを訊きまわるのに、むいてる。それによ、下手人は俺たちをつけているようだ。俺たちが旅してたら、向うから姿を現すはず」

相手は、ざわめきはじめている。

ぬっと背の高い山伏《やまぶし》がこちらに歩いてきた。

(俺より、でけえ)

ぼろぼろの衣を着た山伏で、異相である。顎が長い。耳は大きく、窪《くぼ》んだ目は据わっていて、不吉な凄味《すごみ》があった。四十ほどか。隣村に住むらしい山伏は金剛杖《こんごうづえ》で獅子若を指す。

「言い条は、わかったでがーす。ほなけんど、おまはんがごじゃ言うとったらどないする？　やはり、この場で何かの証を立ててもらわねば、得心できん。……お主が卑怯者《ひきょうもの》違《ちゃ》うゆうことを、わしらがよう得心する形で見せてくれへん？」

獅子若は、強く答える。

「いいだろう。何かで勝負し、俺が勝てば俺を信じてくれ」

佐保が心配そうに手を引っ張るも、

「負ければ、嘘つきとしてもらってかまわない」

山伏が、にかりと笑む。不気味な殺気がにじむ笑み方だ。

「ほんなら——印地はどないや」

その言葉に、

（……飛んで火に入る夏の虫だぜっ）

だが、あえて喜色を隠す。強張《こわば》った面持ちを作って、返した。

「いいぜ。受けて立つ」

「なかなか、ええ度胸じゃ。よし。おまはんが負けても……他の者は、その潔さに免じて許してやる。ただし、おまはんは……仏になってしまうかもしれん。この崇厳坊《すうげんぼう》にその意図《つもり》がなくとも、金礫《かなつぶて》が斯様《かよう》にはからってしまうかもしれん」

崇厳坊を名乗った山伏は二つの小さめの金礫を出した。

「崇厳坊……」

崇厳坊の名が、獅子若の記憶の海をぐるぐる駆けめぐっている。

白い飛沫《しぶき》が、胸を叩く。

「まさか、お前……諸手投《もろて》げ」

崇厳坊は長い顎を心なしか上げ、

「諸手投げ崇厳坊。昔、大和《やまと》におった頃ほう呼ばれとったわ！　先ほど、そこな娘が、獅子若、ほう言った。おまはん——東坂本の獅子若か？　確か、鉄獅子とか」

「……ああ。ちっと前、そう呼ばれてた」

崇厳坊は、逞しい体から凄気を迸《ほとばし》らせ、

「御手合わせ願いたい思うとった。これも何かの縁じゃ」

塞の神の前で——獅子若と崇厳坊はむき合った。

二人は十間《けん》はなれ、礫を三つまで投げ合う。行司は、公平を期すべく、雄熊大夫がつとめる。

崇厳坊は金礫を持ったまま右手を動かし早九字《はやくじ》と呼ばれる魔除《まよ》けの所作をした。窪んだ双眸は、こちらをじっと凝視していた。

「——知っているの？」

艶やかなかんばせを曇らせ、つぶらな瞳を苦しげに細めた佐保が、訊ねる。

「ああ。何でも四国の出で、吉野《よしの》で修行していた山伏だ。印地のやりすぎで吉野の山を追放されたとか。それまで、大和一の印地名人と呼ばれてた」

「諸手投げというのは？」

「両手の金礫を、同時に投げる。奴の金礫は……小さい。それを、相手の目に投げる。そう。対戦相手の目を一瞬にして潰しちまうんだ」

佐保が顔を引きつらせて、崇厳坊を見る。

崇厳坊が、

「娘御。その男の話じゃと……わしゃ、人の目次々に潰してまわる、人殺しの悪山伏、鬼山伏のような扱いになっとうが、正しゅうない。幾分かの誇張がまじった話じゃ」

「…………」

「わしが印地で懲らしめたのは、幾人もの百姓を殺めた盗賊、山賊、ほれに卑怯な人商人など。ほうした者と相対す時、わしは不動明王の化身となり、金礫を——そ奴の目に食らわして参った」

崇厳坊の話を聞いても、佐保の顔の引きつりは取れなかった。

獅子若は、桃の実ほどの金礫をぎゅっとにぎる。

「ほんなら、始めるぞい」

雄熊大夫がモミの枝をかざす。

「まず、三、二、一と言う。一を言いながら、この枝ぁ大きく振り下ろす。ほいたら、投げる。礫は三つまで。四つ投げたり、合図より先に投げた者は負け。厳しく罰する！ええか」

双方、首肯した。

雄熊大夫は、枝を大きく振り上げている。

獅子若と、諸手投げ崇厳坊は、厳しい面持ちで睨み合う。崇厳坊は印をむすぶような形で礫をにぎった両手を合わせていた。

（どんな投げ方で二つを？　予想がつかねえ）

やけに緩慢で冷たい汗が、額ににじんでくる。

崇厳坊の唇がほころんだ。

（目と思わせて、別の所を狙ってくるかもな）

山風が吹いた。

取り入れが終った畑から土埃《つちぼこり》がつくる幾重もの叢雲《むらくも》が唸《うな》りながらやってきて、二人のあわいを慌ただしく駆け去った。頭上でモミの大樹がしわぶき枝葉を大きく揺らす。

「三！」

獅子若は顎を引き、深く息を吸う。

「二！」

「一！」

東西南北《まわり》の音が、自分の息の音《ね》だけになる。

モミの枝が、大きく振り下ろされた。

崇厳坊は前へ倒れるような動きをしながら、豪速で両手を動かす――。

獅子若は右に跳ねながら、崇厳坊の鳩尾《みぞおち》めがけて礫を投げた。その攻撃は大きくつんのめった崇厳坊の上をすぎ、崇厳坊が獅子若の双眸めがけて放った礫二つは、獅子若の側頭部を恐ろしい速度で掠めた。

――凡俗の者ではよけ切れず、両目を潰される処であった。

獅子若は二投目を、崇厳坊の右手は最後の礫を懐から出す。崇厳坊の右手は低い位置から鎌首をもたげた蛇の如く獅子若を狙っていた。

(また、目か)

崇厳坊に狙いをさだめながら眉根を寄せる。

幾多もの印地の修羅場をくぐり抜けてきた獅子若は、本能的に、腰に添えられた崇厳坊の左手を不気味に思う。

――敵の右手が動く。

獅子若の眼めがけて、殺意が飛んでくる。

刹那、獅子若は大きく跳躍した。垂直に跳んだため目を狙った礫は獅子若の胴に当ると思われた。

が……衝撃は草鞋《わらじ》のすぐ下を走った。

（やはり空礫か）

崇厳坊の右手は空礫――礫をにぎっていないのに、にぎっていると見せかけた状態――だったのだ。真の礫は左手に隠されていて、それは獅子若の下腹を狙い、疾風の勢いで放たれ、辛くもかわした訳である。

宙に浮いた獅子若の右手が咆哮《ほうこう》と共に、礫を放つ。

――黒風が獅子若の手と崇厳坊の頭襟《ときん》をむすぶ一瞬の直線をなした。

山伏が頭にかぶる頭襟が、吹っ飛ぶ。

一筋の血が敵の額を流れている。歯嚙みした崇厳坊は三投目をよけようと走り出す。

（ひるみやがった）

獅子若のごつい指が、金礫をにぎる。

放つ――。

猛速度で飛んだそれは走る崇厳坊の右足をしたたかに打ち据えた。勢いそのまま崇厳坊は、土埃を立てて倒れた。

「おおお！」

木頭の衆、隣村の衆から、声がもれている。

獅子若は崇厳坊に歩み寄る。

崇厳坊は、起き上がろうとした。だが、すぐにまた崩れ、苦しそうに歯を食いしばった。辛辣《しんらつ》な痛みに襲われているのだ。

仰向《あおむ》けに転がった崇厳坊は、真っ赤な顔で大きな溜息をつき、

「……わしの負けじゃ」

「獅子若の勝ち！」

雄熊大夫が、吠える。

佐保は白い歯を見せて駆け寄り、木頭の衆は飛び跳ねて喜んだ。隣村の衆は複雑な顔をしていた。が、取り決めは、取り決めである。

獅子若は崇厳坊の足の打ち傷をあらためる。

「この類の傷はよ、キハダの粉に、酢、麦粉、卵の白身をまぜて塗ると……よく効くぜ」

「知っとう。和州《わしゅう》一と言われた印地打ちぞ。のう、獅子若。一つ訊《たん》ねる」

「何だ？」

崇厳坊は、獅子若に助け起される。

「……頭襟飛ばした時、わしの顔狙おうと思えば狙えたな？」

「………」

崇厳坊は厳しい気を放つ。

「こちらが命取りに行ったのに、どない訳で……」

佐保が真っ直ぐに崇厳坊を見つめて言った。

「それは……殺さないことが、我らの掟だから。獅子若はそれを約束して仲間に入ったから」

崇厳坊は、

「ほうなん？」

しばし黙していた獅子若は、ふっと微笑んで、小さくうなずいた。

「……ふうむ」

崇厳坊は自分の村の者たちの前に立つと大喝する。

「皆の衆！」

獅子若に、面をむけ、

「この者と印地打ちし、言葉はつかわず、礫によって、人柄にふれた」

「………」

皆を説得しようという強い力が崇厳坊の叫びに籠る。

「この者が、火付けやないと信じたいっ。雄熊大夫殿のお墨付きにくわえ、わしの直感が、ほう告げるんじゃ。ほなけんど、信じられん者もいよう。故に、真の下手人とやらをこ奴らにさがさせるんじゃ。下手人を引きわたすことを約定《やくじょう》させ、今日は去《い》ぬんじゃ」

岩吉が、言った。

「……あいわかった。もし真の下手人がおるなら、そ奴が野放しになっとう方が、恐ろしいわ。わしは一晩、あの畑見張る代り、泊ってええ言うたんよ。なのに、火が出た。おまはん達にも非がある。ほうじゃな？」

獅子若は、

大切な畑が燃やされただけに、やり場のない怒りが赤く燻《くすぶ》りつづける声だった。

「……ああ」

「ほな、その真の下手人、必ずさがし、わしにわたしてくれ。皆の衆、今日は退《ひ》くで」

こうして、隣村から押しかけてきた男衆は、引き揚げていった。

木頭の衆が獅子若と佐保を取り囲む。

雄熊大夫が、肩を叩いてきた。

「ええ勝負じゃった。よう切り抜けた！　昔いろいろあったけん、何か一つ間違えれば、小戦《こいくさ》になる処じゃったわ」

「迷惑をかけちまったな。だが、濡《ぬ》れ衣《ぎぬ》なんだ」

雄熊大夫は、笑顔を見せた。

「わかっとう。それにしても、見事な印地の腕前。心得が？」

「ああ。昔の話だ」

「真の下手人というのをさがさなきゃならないわね」

佐保が、人差し指と親指でふっくらした唇をはさんでいる。獅子若は、答えた。

「考えがある」

その日は、木頭で泊った。

翌日、はぐれ馬借衆と昌雲は、土佐にむけて旅立つ。


獅子若より頭一つ高いスズ竹が細小《いさら》な山道の両側に茂っていた。蝟集《いしゅう》するスズ竹の向うを鹿かカモシカか、とにかく大きい獣の影が、さっと横切るのがみとめられる。

五人は四国山地の高峰、甚吉森を旅していた。土佐と阿波の境にある山である。

この急峻《きゅうしゅん》なる山の土佐側に安芸家の代官どもが勢威を振るう杣山がある。はぐれ馬借の聖所、四大様の一つはそこにあり、さらわれた息子をさがす昌雲が目指すのも同じ地だった。

スズ竹の密生を越え、ウツギ、山躑躅《やまつつじ》の林に入ると、日はかなり高くなっていた。

「水音がする。一休みするか」

獅子若は鯨を元気づけるように軽く叩く。

ヴヒンと応えた鯨は、黒く傷だらけの体に、雄熊大夫がつくった膳、椀などが入った葛籠《つづら》を載せている。

佐保が引く春風は婚儀用の三方が入った葛籠を背負っていた。

昌雲は姫夜叉が引く土佐ひじきにまたがり、三日月は皆の荷や食糧、蛟竜は狩人から預かった毛皮を何枚もはこんでいて、この二頭は十阿弥が引いていた。

沢に、出た。

白い飛沫が、ごつごつと多角的な岩を、揉みに揉んでいる。

人の子を隠してしまうほど大きいウラジロというシダが、大ぶりな葉を八方に広げている。

欅《けやき》や沢胡桃《さわぐるみ》の若木の下で、笹《ささ》がわさわさ茂っていた。

化物のような杉がある。

ひたすら、ごつく、高く、ふてぶてしい。そこらの杉が頼りない青二才のように思える巨大樹で、天をささえる大男のようである。

魔物の触手か、大蛸《おおだこ》の足が、何本も暴れるような形で、極太の根を地を這《は》うというより宙に波打たせた、途方もなく古いイチイ樫の巨木もある。

そんな沢で、憩うた。

馬も人も喜んで清流の甘水を飲んだ。佐保と十阿弥が雄熊大夫にもらった地図をたしかめる傍ら、獅子若と姫夜叉で、馬たちに笹を食ませた。どの馬も首を横に振って硬い葉を食い千切り、尾をぱたぱたさせながら無心に食していたが、体が一際大きい鯨と大の笹好き、三日月の喰いっぷりは、特に凄かった。

二人はやつまた団子を喰いながら馬の番をする。

獅子若は、馬に寄り添いながらも、時折、鋭い注意を辺りに走らせている。

小声で、

「なあ、その後、どうだ？」

団子をかじる姫夜叉の口が、止る。

「うん？」

「——例の気配だよ」

獅子若が囁くと短髪の少女は硬い面持ちになって辺りをゆっくり見まわした。

やがて、頭を振る。

「……その後はさっぱり」

「そうか。だが、何か俺たちに怨みがあるなら、つかずはなれず、ついてきているはず」

不気味な声で山の鳥が鳴いた。

肆

近江坂本には、風呂屋が三つある。

庄湯《しょうのゆ》、さうの辻《つじ》の二階風呂、大乗寺《だいじょうじ》の風呂。

その内、さうの辻の二階風呂は、東坂本の西南にある。

道の両側に穴太衆《あのう》がつんだ野面積《のづらづみ》の低い石垣がつづいている。人が跳び乗れるほど低い石垣の所々に、苔《こけ》が、何処《どこ》にもない島の地図を形づくっていた。

道の左には石垣にそって、石畳の溝を落ちる、急な流れがある。

その《それ》流速はこの町が比叡から琵琶湖に下りる坂にあることを如実にあらわしていた。

さうの辻の二階風呂は、その溝に面していた。

低石垣の上に板塀がある。

塀に囲まれたこの建物は二階建てで、一階が蒸し風呂と洗い場、二階が酒や茶を飲んで憩える広間になっていた。

湯文字を着て蒸し風呂に入り、蒸気の中で汗をたっぷりかく。洗い場で裸になり、汗と垢《あか》を落とす。湯女《ゆな》と呼ばれる女たちがはたらいていて洗体を手伝ったり、月代《さかやき》を剃《そ》ったり、髻《もとどり》を結ったりしてくれる。

茶木大夫はこの日——さうの辻の二階風呂を「留《と》め湯」していた。大金を払い、貸し切ったのである。

体を洗った茶木大夫と坂本馬借《ばしゃく》、大津馬借の名立たる親方二十余人は、二階に陣取り酒席を囲み評定《ひょうじょう》していた。

前にも、馬借衆同士で留め湯にして親睦を深め合ったことが何度かあり、上林坊には怪しまれぬと、考えたのである。湯女たちは鳥目《ちょうもく》をわたし別棟に下がらせており一階は平五郎ら若い衆が見張っている。

「京の八木屋《はちぼく》のことで、お集まりいただいた」

茶木大夫が話しはじめた。

「都の七口を全てふさぎ、米の搬入を止めておる。近国の飢饉《ききん》に乗じ、わざと米価を吊《つ》り上げ……ぼろ儲《もう》けしようとしておるのじゃ」

「許せぬ！」

「何と、汚い輩《やから》か」

茶木大夫は、力強い眼《まなこ》で皆を見まわす。

「大津馬借と、坂本馬借はこれまで争って参った。しかし、大津だ、坂本だなどともう言っていられまい。我らは同じ苦しみをかかえた同志」

「なかなか（その通り）」

太い腕を組んだ大津の衆が、首を縦に振る。

「わしはお山の馬借年預《ねんよ》・上林坊栄覚様、さらにつてを頼り、都の所司代様に、この儀を訴えた。

ところが……栄覚様については、米商人どもと組んでおるか……もしくは、栄覚様こそが黒幕なのか、この一件でその巨富をさらにふくらませようとしておられる、そうとしか思えぬ。また、所司代様については、八木屋どもに大分鼻薬を嗅がされている様子。一切相談に乗って下さらん。けんもほろろという有様よ」

顔を真っ赤にした親方たちは歯噛《はが》みする。

畳を、叩《たた》く男もいる。

思慮深き目をした、坂本馬借でもっとも年輩の親方が、

「前の馬借年預、円明坊様は？」

「我らに同情して下さった。だが、円明坊様が山徒《さんと》なら、上林坊様は……大名山徒」

大名山徒――守護大名に匹敵する金力を持つ山徒である。実際、栄覚の土倉《どそう》は、名立

たる大名たちに金を貸している。

「栄覚様と正面から対決するのを怖《おそ》れておられるご様子。やはり今の馬借年預に相談するのが筋、こう繰り返される」

皆を揺さぶる波よ起れと思いながら、茶木大夫は話しつづけた。

「最早……上を仰いでいても、何も起きぬ。花の御所や力ある人々に、我らに手を差しのべてくれと願っても……それは裏切られる！」

厳しい声色になる。

「であるならば——我ら自身の手で何とかせねばならん。行動を起さねばならぬ」

「……………」

「いか様にして？」

陸奥彦《むつひこ》という大津馬借の親方だった。小柄な男で、顎に白鬚《しらひげ》を生やしていた。丸く穏やかな赤ら顔で目元にきざまれた幾本もの皺《しわ》の陰は、深い。柔和さの中に、嵐が如《ごと》き危難に叩かれても少しも動じぬ筋が通った男であった。

茶木大夫は言った。

「祭りあけの祇園《ぎおん》を——占拠する」

祇園で年に一度、祭りがおこなわれることで、都人《みやこびと》は京に溜《たま》った悪や穢《けが》れがぬぐい去られたと感じる。

ところが……祇園に武装した集団が立て籠ったらどうだろう。

祭礼がおこなえない場合、京雀《きょうすずめ》は、悪《あ》しきものが都に溜りつづけると考える。都の庶人たちの批難は、きっかけをつくった幕府や朝廷にむく。

祭りを止めることで――自分たちの要求を通しやすい、世論を産み出す。それこそが、室町の馬借衆が何かことある時、祇園占拠にこだわった狙いであった。

嫌がらせと言えば嫌がらせだが……米が京に売れぬのは、近江馬借にとって生き死ににかかわる。さらに、それは、米商人どもが何倍もの米価に吊り上げた京で暮し、その都を出た所には生きるつてとてない、貧しい人々にとっても同じであった。

「長戦《ながいくさ》は覚悟の上。若い衆を交互に送り、幾月にもわたり立て籠る。風当りも強まろう。しかし、来年の祭りが近づき、八木の値が益々《ますます》高まれば――都の人々の批判は幕府と八木屋にむく。奉公衆が出張ってくる怖れは低い。今、幕府は伊勢で起った大乱の鎮定に躍起になっておる」

奉公衆というのは将軍直属の侍どもである。

陸奥彦が、手を前に出す。

「祇園を守る――犬神人《いぬじにん》はどうする？　奉公衆云々《うんぬん》より前に、我らの前には……まず犬神人が立ちふさがる。それをたばねるのが上林坊栄覚殿」

白髭《しらひげ》を生やした、坂本馬借の長老が、言う。

「実は主だった犬神人と先日話したのじゃが……」

皆の視線が彼にむく。

「前の犬神人年預も相当厳しい御方で……犬神人どもは、消耗し切っておった。ところが栄覚殿の峻厳《しゅんげん》さはそれを上まわるとか。ほぼ毎日、栄覚殿に様々な雑用を申しつけられ、犬神人たちは都を駆けずりまわっておる。疲れ切っておる。一日でもよいから休みがほしいと嘆いておるのじゃ」

無双窓の隙間からそそぐ陽《ひ》の矢が、銀色が目立つ長老の髻を射貫《いぬ》き、ほつれた髪が揺れる光線となっている。

「上林坊様は恐ろしい御方。逆らう者、異議を申し立てる輩を、容赦せぬ。犬神人たちの不満は相当に溜っておる」

茶木大夫は、たしかめる。

「つまり――栄覚殿が恐ろしくて従っているだけ。そういうことですな？」

「左様」

陸奥彦の隣に、屈強な体だが何処かぼんやりした雰囲気の男が座っていた。髭もじゃのその男は赤の地に深緑の井桁模様が散らされた小袖を着ていた。

大津馬借、藤次《とうじ》という。

茶木大夫の知己で、東坂本を追われた獅子若を幾日か匿《かくま》った男だ。

藤次はさっきから袴《はかま》の膝の処《ところ》を撫《な》でまわしている。彼の癖らしく、何回もさすられたであろうその部分には、てかてかの光沢が見られた。

袴越しに膝をさする手が止る。

「犬神人どもと、話がつきそうですな」

「うむ」

茶木大夫が首肯すると、藤次は、

「大津坂本馬借だけで蜂起して、お上《かみ》が一気に潰しにきたら瞬く間にやられる。わしは、大和の西大寺《さいだいじ》馬借、布留郷《ふるごう》馬借とも近い」

「連中は……奈良の土倉酒屋に困っていると聞いた」

酒屋もまた金融業者としての一面を持っていた。馬借や貧しい百姓は、酒屋からかりた銭で酒を飲み、雪だるま式にふえてゆく利息に苦しめられていた。

「大和馬借に、我らが都を襲ったら、奈良を襲うように、話をつけましょう。さすれば幕府の怒りを分散《わけ》られる」

茶木大夫の唇がほころぶ。

「――面白い。是非、手をまわしてくれ」

「のう」

一際若く目付きが鋭い坂本馬借が、発声した。浅黒いその男は福光《ふくみつ》という。

「騒ぎを起した咎《とが》めは、誰が負う?」

「……わしが全て負う」

茶木大夫が静かに言った。皆を見まわし、太首にゆっくりと手を当てた。

「もう十分、生きた。思い残すことはない」

「…………」

静まり返った一座の中から、陸奥彦が、立つ。

「お主一人で冥土に行かせぬ。この陸奥彦も、皺首を差し出そう!」

その時であった。

急な階段を足音高く誰かが登ってきた。

平五郎である。平五郎は僧を三人つれていた。

僧をみとめるや——親方どもの間に、緊張の光波が走っている。

特に、福光など血の気の多い若い親方は、山犬に似た凄味《すごみ》を放つ。

「座主《ざす》様の使い、唯昭《ゆいしょう》と申す。茶木大夫に会いにきたのじゃ」

若い清僧を二人つれた細身の老僧が口を開いた。

「三塔の僧の六割ほどが、そなたら馬借衆の味方じゃ。三割が上林坊栄覚の意に添うて動く者。一割は去就を明らかにせぬ」

三塔というのは、比叡山延暦寺《えんりやくじ》をなす三つの地域で、西塔《さいとう》、東塔、横川《よかわ》である。

馬借衆が静まり返る中、老僧は腰を下ろす。

「栄覚の横暴を遺憾《いかん》に思う僧も……山上には多かった。だが、彼の力はあまりに大きく、その意に添うて動く者が山の上にも、幕府にも、朝廷にも多いため……なかなか手が出せん」

「………」

「じゃが、此度《こたび》の八木の件は許されざる不祥事ぞ。言うまでもないが、叡山は伝教大師《でんぎょうだいし》によって開かれた。人の心の中には、仏もおれば、鬼もおる。菩薩《ぼさつ》もおれば、餓鬼もおる。どんな人でも……心の中の仏をふくらませていけば、最終的には何ら差別なく、仏になることができる。これが法華経《ほけきょう》の言わんとしている処と拙僧は思う。そして、法華経こそ、伝教大師がもっとも大切にされた経典である。さて、都にはこべる米があるのに……伊勢の乱や近国の疫病《えやみ》に乗じ、米を止め、八木の値を吊り上げ、莫大《ばくだい》な利を得ようとする者がおるという……。これが仏の心か、そうでない心か、言わずともわかろう。拙僧は仏家としてお主らの味方をするし、お前たちがある程度の騒ぎを起しても……やむを得ぬ仕儀であると思う」

唯昭は皆を見まわし、かっと眼を剝《む》き、

「――存分に奔走されよ！」

「おお！」

「ありがとうございますっ」

馬借の親方たちは一挙に勢いづいた。

深く息を吸った茶木大夫は、額の血管をふくらませ胸を張る。

「伊勢の北畠様の後ろには、鎌倉公方《くぼう》・持氏様がおられる様子。この戦、長引くやもしれぬ。わしは……北畠様の味方をしたい訳でも、鎌倉に同心しておる訳でもない！

またあえて騒ぎを起し、洛中《らくちゅう》を乱したい訳でもない！」

馬借衆は固唾《かたず》を呑《の》んで、聞き入った。

「ただお上に——当り前のことをしてほしいだけなのじゃ。当り前のこととは、民が飢えぬようはからう、我らの生業《なりわい》が滞りなくすすむようはからう。そのようなこと。その当り前のことをして下されば……わしは、相手が室町家でも、北畠様でも、鎌倉公方様でも構わぬ」

馬借の親方たちは、誓いの盃《さかずき》をあおった。

＊

夜。はぐれ馬借衆と昌雲は、甚吉森で野営していた。

笹《ささ》、そして身は細いがひょろ長いスズ竹の原だった。周りは、樹林だ。まさに、木深き山が旅人のためにしつらえた広間である。

馬たちは一本だけあった木につないでいる。獅子若は自分の小袖に、笹を詰めている。そして、別の小袖をまとい、闇に溶け込んだスズ竹の茂みを這《は》いすすんでいる。大柄な獅子若でも、こうすれば敵から見えない。

（野郎、木に隠れて俺らを見てるな。こういう場所をさがしてたのよ。今にふんじばってやるからな）

これこそ、獅子若が考えていた作戦だった。

懐には金礫《かなつぶて》が入っている。また、縄も持っていた。

少し前に佐保に計画を明かすと、

『気をつけて。だけど……もし、胡乱《うろん》な者がいても』

『乱暴しすぎんなとか、言うんだろ？』

『そう』

『はあ……わかったよ。掟《おきて》を破るような真似《まね》はしねえよ』

スズ竹の茂みが終り、樹林に入る。

細心の注意力が獅子若の筋骨の一つ一つで凝結する。

音を出さぬように慎重に、月明りに照らされた森を歩む。枝と枝のあわいからもれ入る冷たい月の光だけが頼りである。

「───」

何者かが樹から樹へ跳びうつる気配に、獅子若は、

（……むささびか）

なおも森を、潜行する。

燃えさかる炎のように枝を波打たせた、ウバメガシの木立が近づいてきた。

獅子若はその木立に──妖気の凝集を感じた。

何者かが樫《かし》の幹の高みに、蹲《うずくま》っているようである。そこからは佐保たちが眠る野営地をうかがうことができた。

深く息を吸った獅子若は金礫を取り出した。

刹那、その者はさっと飛び降りつつ、殺意の突風を投げてきた。

恐ろしい精度で眉間に迫る石を獅子若は何とか、転がりかわした。

その時には、相手の姿は茂みの中に消えていた。

「待て！」

追走するも、無駄だった。

あきらめて佐保たちの許《もと》にもどった獅子若は、荒く息をつく。

「姫が言ったことは本当だった。俺たちを見張ってる野郎が、いた。残念ながら……見失っちまった」

十阿弥《じゅうあみ》が考え込む。

「一体、何者……。はぐれ馬借を怨《うら》む者は少ない。いるとすれば、我らに仕事を奪われたと感じた在地の馬借くらいじゃが……」

「馬借とか、そういう類の男に思えなかった」

飛んできた石に籠った激しい敵意が、獅子若に、馬借よりずっと深い闇に住む男だという直覚を与えていた。

「賊とか、透波《すつぱ》とか、そういう類だろう」

「そういう連中と我らが揉《も》めたことは、あまりない」

十阿弥が言った。

（——俺には、ある。四国ではなく近江でだが）

獅子若は、思った。近江で数々の無頼を礫で打ちのめしてきた過去が獅子若の胸中で渦を巻く。

佐保が首をかしげた。

「どうしたの、獅子若」

「……いや」

獅子若は曖昧に言葉を濁す。

佐保が、黙っているので、

「近江で俺に印地《いんじ》で負け、怨んでいる無頼の輩《やから》は多い。俺に負けて東坂本を出て行った連中もいる」

「前に話していた穴太の……」

「猿ノ蔵人《ましらくらんど》」

「そう。その猿ノ蔵人とか、俺を怨む奴《やつ》が、四国まで流れ俺を見かけたとしたら……」

佐保は、穏やかな語調で、

「考えすぎじゃない？　ここと近江は、大分はなれているわ」

大きく鼻を啜《すす》った姫夜叉が口を開く。

「多分さ、あたいらが金目のものを持っていると思った山賊なんじゃないかな？　火の一件は、策略というより、その山賊の不始末から出た火とか？　で、今、獅子若の強さがわかった訳だから、もう手を出してこないかもしれない」

「……だと、いいんだがな」

獅子若の表情は晴れなかった。

翌日、昌雲をつれたはぐれ馬借衆は、遂《つい》に土佐に入っている。

土佐国は都人から遥《はる》か南の果てと考えられていて、神亀《じんき》元年（七二四）には遠流《おんる》の地とされた。

たとえば、『懐風藻《かいふうそう》』にはこの地に流された石上乙麻呂《いそのかみのおとまろ》のことが記されている。
嘗《かつ》て朝譴《ちょうけん》有りて南荒に飄寓《ひょうぐう》す。淵《ふち》に臨み沢に吟《によ》びて心を文藻《ぶんそう》に写す。

都から遠くはなれた土佐には、政争に負けた多くの貴人が流されてきた。ここでは亜熱帯の植物が茂る。ヤシの仲間、ビロウ、ソテツ。さらに榕《あこう》。土佐の深き山を、獅子若たちは歩いていた。

ウバメガシやビロウ、そしてイチイ樫などが茂った樹林が、杉、檜《ひのき》林に変る。

室町時代の『兵庫北関入船納帳《ひょうごきたせきいりふねのうちちょう》』——摂津国兵庫湊《みなと》に着いた船の荷を記した文書——によれば、文安《ぶんあん》二年（一四四五）、この湊に着いた材木四万石の八割が、阿波、土佐からきたものだった。土佐の甲浦《かんのうら》湊、阿波の宍喰《ししくい》湊からきた材木は、杉、檜材であったことが記録に残っている。

四国山地には杉、檜の壮大な林が広がっており、有力者の下知《げち》の下《もと》、大規模な伐採がおこなわれ、近畿圏に流通していたことがわかる。

かぐわしい杉の香りが、はぐれ馬借衆の五体を突き抜ける。餌になる木の実がないため、樫類の林にくらべ、鳥の声がぐんと減る。

柱に適した素直な姿の高木《こうぼく》が、黙然と並んでいた。

山道から斜面を登っていく小道がわかれていた。

昌雲が、指す。

「杣人《そまびと》がつくった道やな」

「行ってみましょう」

杉の青い香りを思い切り吸い込んだ佐保が、朗らかに言った。

斜面を登る小道を五人は行く。

姫夜叉が辺りを見まわしながら、

「ねえ、ここで伐《き》り出された樹《き》が、どうやって湊まで行くの？」

「まず、川まで人馬ではこぶじゃろう？　川に、筏師《いかだし》どもが待機しておる。筏にくみ下流に流す。筏にくめんような急流は一本流しをし、もう少し下流で筏にして流す。そうやって海まで着くのじゃよ。だから、この道は川までつづいておるはず」

ぽりぽりと頭を掻《か》きながらおしえる十阿弥だった。

「へえ。じゃあ、杣山にも馬借はいるんだね？」

「樹をはこぶための馬方がおるんじゃ」

その言葉に誘われたのか、行く手から杉の丸太を十頭の馬に引きずらせた鬼のように荒々しげな男たちが下りてきた。

男たちは佐保をみとめると、

「どいいたもんでぇ。こんな山中でついぞ見ん、麗しき女人ぜよ」

「観音様がわしらを憐《あわ》れんで、訪ねてきたんかにゃあ」

「ひひ」

男たちの下卑た視線が、佐保の肢体を這いまわる。

――獅子若の大きな体から猛気が火となって放たれる。

気の波濤《はとう》をぶつけられた男たちは、ややたじろいでいる。

この一団の頭《かしら》らしき男が、歩み出た。灰色の布を頭に巻いた三十歳ほどの男で、頬に傷がある。薄い笑みを浮かべているが目は些《いささ》かも笑っていない。

「何処に行くが？　馬方は、足りちゅう」

刃物で刺すような言い方である。

十阿弥が、

「そうではない。人をさがしておってな」

昌雲が下馬する。

「杣山に童《わらわ》はたらいちゃるけ？」

材木をはこぶ男たちは顔を見合わせた。

ひそひそ囁《ささや》き合い、やがて布を頭に巻いた男が、答える。

「檜や杉の皮を採るのに、童をつかいゆうよ。それがどういた？」

「そうですか。おおきに」

礼を言った昌雲は、もう他のものが目に入らぬ様子で勢いよく走り出す。獅子若たちもつづいた。

獅子若はさっきの男たちが後ろからぶつけてくる眼差《まなざ》しを感じた。

杉、檜の林が開ける。

伐採された切株がいくつも斜面に並んでいる。

逞《たくま》しい杣人たちが大斧《おおおの》を振るい、杉を倒していた。

鋸《のこぎり》を引き、倒れた樹の枝を落としている男や、大鋸《おが》で太い樹をいくつかに切り分けている者がいた。

三十人ほどのごつい杣人がはたらく山林の一角に、山小屋がいくつか建っていた。夜、休んだり、道具を置く小屋だろう。

昌雲の目は大人と一緒にはたらく童たちにむいている。

伐採され、横たえられた杉、檜の皮をそぎ落としている粗衣を着た童が六人ほどいた。これらの木の皮は、屋根の材料になったりする。

子供たちがはたらく場所に昌雲は近づく。

疲れで淀《よど》んだいくつもの黒瞳《こくどう》が、昌雲や獅子若にむけられる。昌雲は真剣な面差しで子供たちの顔をたしかめる。どの子も痩せていて、満足に食べていないようだ。

やがて、昌雲の肩ががくりと落ちた。

姫夜叉が、恐る恐る、

「昌雲さん……いた？」

「………」

昌雲は唇を強く結び、立ち尽くしていた。答がないことが、全てを物語っていた。

と、

「何《なん》なが？」

厳しい目をした武士が二人、近づいてきた。

「人取りに攫《さら》われた子、ここにおるかもしれんと思《おも》たさかい」

昌雲が言う。

昌雲が事情を話すと壮年の武士は深刻な相貌でうつむいている。

杣人たちがしかとはたらくか見張るため、ここに常駐しているようだった。山ではたらく男を統御すべく、ある程度、暴力的な顔を見せることもあるが、その顔の奥、魂の核心の処では、穏便にすむことは穏便にすませたい、そういう心根を持つ人物であるようだった。

深い同情が武士たちの面《おもて》に、浮かんでいた。

やがて、

「ここから少し南に下るとすんぐに、当地の代官、小沼大夫《こぬまだゆう》様の屋敷がある。安芸の殿様から、この地の杣山を任されている御仁ぜよ。その御方の屋敷で、沢山の下人がはたらいちゅう。……そこにも童どもがおる」

若い方の武士が、憐れみを込め、

「たしか泉州の方からきた童もおったにゃぁ」

かすかな希望の灯《ひ》が、疲れ切った昌雲の顔できらめく。

「和泉の方から？　お侍様……それは、たしかなことやろか？」

目がきわめて大きいその侍は、日焼けした頬をさすった。

「わしも、その童と直《じか》に話した覚えはないにゃあ……。下人頭が左様なことを言っちょったような」

「おおきに、おおきに！　ほいだら、早速、行ってみよう」

昌雲の声には、弾みがあった。紀州で誘拐《かどわか》された昌雲の子だが、船に乗せられたのは和泉国である。

壮年の武士が咳払《せきばら》いする。

「おんし、もし、それが我が子やちゅう場合……つれもどす所存《つもり》か？」

「……はい」

武士たちは顔を見合わせている。

やがて、昌雲の耳元に口を近づけ、押し殺した声で、

「小沼大夫様にその儀話す時はまっこと気をつけーや」

「と、言いますと？」

眉を顰《ひそ》めた昌雲に代り十阿弥が問う。

壮年の武士は、硬い面持ちで言った。

「ごっつう厳しい御方ながや。技持った杣人は厚遇しちゅう。けんど……下人たちには手荒《がい》に当る」

日焼けした若侍が、眉間に皺を寄せる。

「その子返しとぉーせ言うても、素直に応じるかどうか……」

壮年の武士が首を大きくひねる。

「弟の兼光《かねみつ》様は……まっこと、慈悲深い御方なんじゃが」

「勿論《もちろん》、その子がさらわれた我が子かどうか、まだわかりまへんが……。もしそうなら人商人《ひとあきびと》に不当に略取された旨、御代官様、もしくはその兼光様に、おつたえしようと思います」

かくして昌雲とはぐれ馬借衆は安芸家の代官・小沼大夫が支配する杣山にむかったのだった。

赤丸は今朝、稗《ひえ》の取り入れにむかう途中、籠をすて、山に駆け込んだ。末吉と一緒に折檻《せっかん》部屋を出されてすぐの出来事だった。すぐに武士や下人頭が山に入ったが、行方は杳《よう》として知れない。

＊

屋敷につれもどされた末吉は小沼大夫の尋問を受けた。

赤丸の逃亡について、何か知っていると思われたのである。

小沼大夫は大きな男であった。

顔はごつごつしていて岩に似た印象がある。扁平《へんぺい》で、表情は乏しい。いつも、少し眠たげだが——その双眸《そうぼう》はどんな小さいものでも白日の下にさらす、不気味な探索力を持っていた。頭は白髪《しらが》混じり。大刀を差し、薄茶の地に黒い紅葉《もみじ》模様が散らされた小袖は、真綿がたっぷり入っているようで暖かそうだった。

末吉は沓脱台《くつぬぎだい》の傍《そば》に座っている。

小沼大夫は胡坐《あぐら》をかき、足の爪を削っていた。

小沼大夫の背後には青畳の部屋がある。簾《すだれ》と蔀《しとみ》が上がっているため、その部屋は庭にいる末吉から見える。

末吉の左右には目付きが鋭い武士が二人、控えていた。

声高に叱りもせず爪を研ぎつづける小沼大夫の姿はさっきから末吉に胸走り火を熾《おこ》していた。

爪を削る刀が、止る。

「あの餓鬼が逃げるのを知っておったか？」

表情がない、声だった。

末吉は何と答えたらよいかわからず黙っていた。

「——答えーや！」

右にいた武士から蹴りつけられる。

激しい痛みが走り——勢いよく地面に転がった末吉の目や鼻に土埃《つちぼこり》が入ってきて、大きく噎《む》せた。

「おい。強く蹴りすぎるな。もそっと、加減して死なん程度に蹴れ。あの餓鬼につづいてこの餓鬼までおらぬようになったら……元が取れんのでな。人商人に出した分が回収できぬ」

「委細、承知！」

「小僧」

大柄な小沼大夫が腰を上げる。

末吉は、すくみそうになる。大きく瞠目《どうもく》し唇をぐっと噛んだ。

小沼大夫は冷えた目で末吉を見下ろしている。

「もう一度、訊《き》く。あの餓鬼が逃げるのを知っておったか？」

「………」

本当のことを言えば、どうなるのだろうか。殴打の雨が……降りかかってくるのだろうか。だが嘘《うそ》を言っても――小沼大夫は見抜いてしまう気がする。

末吉は、細声をしぼり出した。

「はい」

「――何？」

恐ろしい鋭気が叩きつけられる。

「そやけど、嘘、思いました。ほんまに逃げるとは思わんかった」

「何処に逃げるとか、左様な話は？」

末吉は、頭《かぶり》を振った。

「打擲《くらわ》しますか」

左に佇《たたず》んでいた武士が酷薄な笑みを浮かべた。

逞しい髭面の男で、女を抱くか、下人たちを殴るかにしか、興味がない。そういう奴だ。

小沼大夫は、無機質な表情で、末吉を見下ろしていた。

「いや。本気にはしていなかったというし、それには及ばぬ。畑の方にもどせ」

「慈悲深いお裁きじゃ。ほれ、頭《ず》を下げぇ」

ぺこりと頭を下げた末吉は竹籠を背負い、弱々しい足取りで歩き出す。

――その時であった。

騎馬の者が数名、門の方から、邸内に入ってきた。

（馬方衆や）

小沼大夫は複数の杣山の支配を、土佐の有力国人《こくじん》、安芸家からまかされている。材木や炭、この屋敷で織られる太布《たふ》の運搬のため、二組の馬方どもをかかえている。

今現れたのはその内の一組。灰色の布を頭に巻いた、にちゃにちゃと笑う浅黒い男に率いられた一団だ。

末吉はその馬方、三郎丸《さぶろうまる》が苦手であった。

畑にむかおうとした末吉ははっとなった。

馬方の一人が――縄で童子を一人引っ張っていたのである。裸足《はだし》のその子は、ひどく殴られたらしく、血だらけ、泥だらけであった。赤丸を馬で追跡した武士がその隣を歩んでいた。

末吉の心臓が燃える塊になって、胸を突き破って、外に出そうになる。

悲痛な声が迸《ほとばし》っていた。

「赤丸ぅっ！」

赤丸は、ここに売られたばかりで仕事のやり方がわからなかった末吉に、素早くこなすこつをおしえてくれた。他の者にいじめられても赤丸だけは守ってくれた。

赤丸の両親は――貧しい百姓であったが、田畑をうしない、ここに下人下女として売られてきた。数十人の下人下女をつかう小沼大夫だが、その人使いは大変荒く、病死や折檻で死んでしまう者が多いので、常に人を求めているのである。

百姓は自分の意思で婚姻できるが、下人や下女はできない。彼らが夫婦《めおと》になるには所有権を持つ者の許しがいるのである。

小沼大夫は、下人下女の縁組をみとめていなかった。

それは屋敷の秩序を乱すと思っていた。

そのため、元々夫婦であった赤丸の父は五歳の息子と下人小屋に、母は下女小屋に入れられたのである。

その父親は杣人と共に山で道を開いていた時、倒れてきた樹の下敷きになって死んだ。若く溌剌《はつらつ》としていた母は、栄養不足のため、病になり、骨と皮ばかりという姿になって死んだ。

死ぬ間際、赤丸の母はこう告げたという。

『――いつか、逃げーや。世の中は、地獄のようなひどい所が多いけんど……ここよりひどい地獄はそうはない』

その少年が今、赤いぼろ布のように傷めつけられ、腕にきつく巻かれた荒縄で引きずられている。

「赤丸っ！」

もう一度呼ばわると赤丸は力なく顔を上げ、血だらけの顔をわずかにほころばせた。

末吉は駆け寄ろうとする。

刹那、燃える痛みが肩に走った――。

三郎丸が鞭《むち》で叩いてきたのだ。

馬方どもが、どっと哄笑《こうしょう》する。

彼らと一緒にやってきた武士が、

「大夫様！　北の杣山から川に荷をはこんだ三郎丸らぁが、赤丸見つけ、取り押さえたぜよ。わしは途中で行き合ったんじゃ」

「一人であんな所に……。何かあっつろうと思い、ひっ捕らえた」

三郎丸が馬から下りた。

濡《ぬ》れ縁《えん》にいた小沼大夫は、扇で手を打つ。

「おお、重畳《ちょうじょう》。重畳」

籠を背負った末吉は涙を流しながら、引っ立てられる赤丸に追いすがろうとする。

馬方が、また鞭を振り上げ威嚇した。

赤丸が叫んだ。

「来れんっ（来るな）！」

血だらけの顔が精一杯の元気をしぼり、白い歯を見せ、笑っている。

「ほんだら……さよならっ。末吉」

「おまんは早く畑に行き！　ただでさえ、能率《のう》が悪いんじゃ」

武士が恐ろしい顔で大喝した。

「赤丸……許してくれや！」

自分が本気で止めていたらこうならなかったのではないか、あるいは、もし自分が共に逃げて二人の知恵なり力なりが結集したら……逃げおおせたのではないか、そういう思いがこの言葉になった。

胸が張り裂けるほど、悲しい。

赤丸はさっき末吉がいた所に引き据えられる。

赤丸の運命を予測すると気が気ではなかったが、

「何しゆう、すっと行き！　また食らわしちゃるぞ」

末吉は、門の方へ泣きながら走り出した。

内の門をくぐる。

二重の厳々《いかいか》しいはめ板塀が小沼大夫の堅牢《けんろう》な屋敷を囲んでいた。

内の門と外の門の間、左前方に、収穫時を迎えた餅粟《もちあわ》が黄金の芋虫に似た重たげな穂を垂らしていた。

庶人が食す粟と旨味《うまみ》が違う餅粟。小沼大夫の一家が食すその粟どもは、葦《あし》のそれに似た長葉《ちようよう》の端だけ黄色く染めたり、青葉のそこかしこに黄の斑点をつくったり、篠竹《しのだけ》に似た茎を黄化させたりしていた。

右前方では、板塀の手前で、下女たちが筵《むしろ》にまいた焦げ茶色、あるいは金色の穀物《こんじき》に唐棹《からさお》を打ちつけている。下人たちが山に散在する畑からはこんできた稗、粟を脱穀しているのだ。

外の門の上には櫓《やぐら》がもうけられており、そこには盾が隙間なく並べられ、矢がびっしり収納された調度掛《ちようどがけ》が据えられ、強面《こわもて》の侍三人が守っている。

そこをくぐり深い空堀にかかった板橋をわたると、ようやく広大な屋敷の外に出た。

杉、檜が茂る斜面に這う形で、杣人の家が何軒か並んでいた。

渓流を見下ろす急斜面と、家々の間に、山道が蛇行していた。

杣人の家は下人小屋よりもなるほど良い構えだが、それでも質素なもので、この山里では堅牢な板塀に囲まれた小沼大夫邸だけが、群を抜いた広さを誇る。

末吉は山道を南へ歩き出した。

行く手から赤丸を追い山に入った武士が幾人か、獰猛《どうもう》な犬をつれてやってくる。

空の籠を背負った末吉は道を空ける。

「おい小僧、逃げた奴はまだ見つからんか？」

でっぷり太った武士が、訊《たず》ねてきた。

末吉は歯を食いしばり黙していた。

「おい、どいて答えんっ」

武士は、末吉の膝を鋭く蹴った。末吉は、

「……見つかった」

「おおっ、これで大夫様の御機嫌は直るにゃぁ」

武士どもの顔様に、喜色が浮かぶ。

別の武士が、ねっとりした声で言う。

「おまんも逃げたら……同じ目に遭うのだからな」

「この山中、逃げ切れるなどと思われん（思うな）。童の足でな！」

「ぐわはははは！」

末吉は頰に血が上るのを感じる。

重荷の運搬という機械的な労働が待っている畑にむかいながら、末吉は、

（何でこないな目に遭うんや？　ええ衆《し》の子は、ええ衣着て、桜《はな》や紅葉の下で騒《ほた》えとる。わしらはボロ衣着て毎日いわされる。これは、夢や。悪い夢やっ！）

両親の顔が閃光《せんこう》に揉《も》まれながら胸を走った。

末吉は……父母の顔が、日を追うごとにぼんやりしてきた事実が怖かった。

＊

はぐれ馬借衆と昌雲は——小沼大夫の屋敷の前までやってきた。
ここは、広い安芸荘の北部《きた》であり、もとは九条《くじょう》家領であったが、やがて皇室領になり、その後、都の西明寺《さいみょうじ》に寄進された所である。
西明寺文書には——、

かのあきの荘は、そま山ひろきところ。

と、記されている。楠木《くすのき》正成《まさしげ》も安芸荘の材木に熱い関心を寄せていたとつたわる。
この杣山の一部を、安芸郡郡司の血を引く安芸氏から任されている有力山岳武士が
……小沼大夫である。

安芸家は小沼大夫が如き男を幾人かつかい底知れぬ奥行きを持つ杣山を統べている訳である。

その安芸家の姫君がつかう道具——木地師《きじし》、雄熊大夫がつくった道具——を馬に背負わせた獅子若たちを、背が高い羽目板塀が冷厳に見下ろしていた。

「——でけえ屋敷だぜ」

獅子若が呟《つぶや》く。

「そうね」

佐保のかんばせは、心なしか硬い。

獅子若が、言い足した。

「ただでけえだけじゃねえ。——悪い奴が住んでそうな、でけえ屋敷だぜ」

佐保がしーっというように指を唇に当てている。

行く手から武士が何名かやってきた。凶暴そうな土佐犬を、つれていた。

でっぷり太った武士が、

「何なが、おんしら。見ん顔やにゃぁ」

誰何《すいか》してきた。

「あたいら、馬借だよ。見たらわかるでしょ？」

姫夜叉が何食わぬ顔で言うと、武士たちは取り囲む。

「小《こん》まい馬借やにゃぁ」

「きに——この辺の馬借ではあるまい？　何しちゅう？」

佐保が、微笑《ほほえ》む。

「安芸の姫君様がつかう道具を、木頭の木地師にたのまれまして、はこんでいるのです」

「過書《かしよ》は？」

「大変古い過書ですが……」

佐保は梨地《なしじ》の巻物をゆっくり取り出した。

「諸国往来自由」

「九郎判官《くろうほうがん》義経公と、書いてあるぜよっ」

口々に囁き合った武士たちは顔を見合わせる。一つ間違えば山賊にでもなりそうな武士たちは……一悶着《ひともんちやく》起しそうな気配をぷんぷん漂わせていたが、安芸家の姫がつかう道具、義経の過書、などの言葉が胸底で綱を伸ばし、それを抑えているようである。

猟犬どもが牙を剝き、吠《ほ》えてくるも——眼を怒らせた傷だらけの大黒馬、鯨がただ一度土を蹴っただけで、圧倒的な猛気に叩き潰されたその犬どもはキャンキャン鳴いて後《あと》退《ずさ》り、侍どもの後ろに隠れている。

穏やかな気質で知られる南部馬、春風はそんな犬たちにも敵意を示さぬ。

茶色い尾をパタパタ横振りし、笑みとしか形容できない面差しを見せていた。

三日月と蛟竜《こうりゅう》は屋敷と反対側に茂った笹を食《は》みはじめ、土佐ひじきは笹の臭いを嗅ぐにとどまった。この小さな土佐馬は主《あるじ》たる姫夜叉のがめっさと対照的に、何事にも控え目な性質なのだった。

やがて一つの結論が肥満した武士から述べられた。

「わしらが主、小沼大夫様は安芸家の代官。安芸の姫様がつかう道具をはこぶ、馬借衆を、素通りさせれば、わしらが咎めを受けよう。屋敷に立ち寄っていきーや」

昌雲が、顔を輝かせている。

「それは願ってもないことや！　実は、わいは、人商人にさらわれた我が子をさがしとります。小沼大夫様は沢山の子供の下人をつかわれとるとか。何かご存知ではないか、お訊ねしたかったのでございますっ」

興奮した語調であった。

「ほう、子供にゃぁ」

「そうか。そうか」

——獅子若の眉間に、皺が寄る。

(何だ？　こいつらの今の表情は)

武士たちが交わした冷えた眴《めくわ》せが獅子若の気を引いたのである。

何とも嫌な予感がしたが、警告する暇《いとま》はない。

「さあ、こっちじゃね」

肥えた武士が誘った。

昌雲とはぐれ馬借衆は弓兵に見下ろされながら門を一つくぐる。

(また、門があるのか……)

右前方で餅粟が重たそうな穂を垂らし、小鳥どもが囀《さえず》っていた。左前方では汚れたぼろを着た下女たちが、筵を並べ、取り入れた雑穀を唐棹で打っている。

前方に第二の羽目板塀と、第二の門が現れる。

その門には櫓こそなかったが木戸の処を薙刀《なぎなた》を持った大男が守っていた。

二つ目の門をくぐると、行く手に、母屋《もや》が見えた。

板葺《いたぶき》屋根の広壮な建物で正面に人垣ができていた。

左手には、台架がもうけられている。地に打った二本の杭《くい》に横木をかけたものである。

台架には、足を縄でつながれた素早そうな鷹《たか》が止っていた。

獅子若たちが近づくと――家の前にできた人の壁が、さっと開く。

「――――」

赤いボロ布の塊が濡れ縁の手前に転がっていた。

(何だ……これは?)

獅子若の頭の中は真っ白になっていた。だが、しばし凝視して――それが子供の屍《かばね》であることを知った。

熱い怒りの激流が獅子若の内側でぐらぐらと煮えたぎった。

(不始末をした童を、折檻して殺したのか)

屍の傍に立つ血塗られた棒を持った侍を、きっと睨《にら》んだ。

「──末吉！　末吉ぃっ」

悲痛な叫びを上げ昌雲が遺骸に駆け寄る。

「何奴っ」

武士が血で赤くなった棒を振り上げる。

犬をつれた侍が、事情を説明する。

「末吉……やない」

一歩退いた昌雲が、我が子と同い歳《どし》くらいの、惨《むご》たらしい骸《むくろ》からはなれ面を歪《ゆが》めて合掌した。

佐保も悲しげに手を合わせた。

姫夜叉と十阿弥は、茫然《ぼうぜん》としていた。獅子若は濡れ縁の前にいる武士たち、さっきすれ違った杣山の馬方ども──三郎丸たちを睨みつける。睨まれた相手も剣を思わせる眼差しを獅子若にそそいだ。

濡れ縁に立つ扁平で表情に乏しい顔をした大男が、

「――今、末吉と申したな？」

眠そうだが、恐ろしく冷えた眼を細める。

絹で織られた紅葉模様の小袖を着ていて頭には白いものがまじっている。

（こいつが、小沼大夫か）

獅子若は顎を引く。

「わいは、今は昌雲いいますが、元は末安いい、紀伊で百姓しとりました。末吉は粉河寺で誘拐《かどわか》された我が倅《せがれ》にございます」

「それはいつの話か？」

「三年前にございます」

小沼大夫は、ほのかに笑む。屋敷全体が――深く黙り込んでいた。

「で、そなたは、その子をさがしておる？」

小沼大夫が言った。昌雲は、唇をふるわす。

「はい。貴方《あなた》様は……この辺りの山治めとる小沼大夫様で？」

「いかにも。ただ、治めてはおらぬ。わしは任されているだけ。この山々を治めていらっしゃるのは安芸摂津守《せつつのかみ》様じゃ」

「わいの子は人商人に――」

辛《つら》い思い出がこみ上げてきたのか、昌雲が言葉を詰まらせる。十阿弥が一歩前に出る。

「昌雲さんの子は、四国に行く船に乗せられたそうです。小沼大夫様は大勢の童を召しつかわれておるとか。もしや、その中に……昌雲さんの子が紛れておらぬかと思い、お訪ねした次第にございます」

「…………」

小沼大夫の顔様から、何を考えているかはうかがい知れない。その表情は、深さを測ろうとした男が悉《ことごと》く溺れ死んでしまう沼が如き処があった。

獅子若は、周囲にいる侍たち、下人たちに視線を走らせる。

かすかな冷笑を口元に浮かべる侍がいる。

強張《こわば》った面をうつむかせる下人がいる。

おびえたような、あるいは、気まずそうな顔を横にむけた下人がいる。

(こいつら、何か知ってやがる!)

言葉ではなく、彼らの表情が、獅子若に事実《それ》をおしえてくれた。

昌雲は小沼大夫一人を直視している。

小沼大夫は、

「はて……ここに、そのような者はおらぬ。だが、わしの召しつかう者は多い。その中にそなたの倅について何か知る者がおるやもしれぬ。一両日ほど、ここに逗留《とうりゅう》するがいい。しらべてつかわそう」

「おおきに！　ほんまに、おおきに！」

昌雲は、勢いよくお辞儀した。

獅子若は小沼大夫の真意を計りかねていた。佐保に、視線を走らせる。佐保も厳しい面差しで小沼大夫を見つめていた。

「時に――」

小沼大夫が身を乗り出す。

はぐれ馬借衆にむかって、

「そなたら、安芸摂津守様の屋敷に参るのじゃな？」

佐保が、言う。

「……はい」

道で会った侍に、和歌が書かれた扇がむいた。

「その者の話ではそなたらは大昔、義経公が発給された諸国往来自由、関銭《せきせん》免除の過書を持っておるとか」

「持っています」

少し強張った声で答える佐保だった。

「見せてくれぬか？」

――見せてはいけない、という声が獅子若の胸底で反響している。どういう訳か本能的に危ういと感じるのである。だが、獅子若たちは今、帯刀した十数人の武士、三郎丸率いる馬方ども、この屋敷の下人たちに囲まれていた。

佐保は、春風の引き手綱《たづな》を獅子若に託す。

そして梨地の古巻物を出し――バッと開いた。

「おお！　近《ちこ》う寄れ」

佐保は一瞬迷ったが、やがて意を決し、沓脱台に歩み寄る。

(何考えてやがる、小沼大夫。過書を奪おうとしたら、金礫を打ち、人質にすりゃ逃げられるか？)

立ち上がった小沼大夫は濡れ縁の端まできて、

「もそっと近う」

佐保は沓脱台のすぐ手前まで行った。

小沼大夫は注意深く過書を読んでいた。

「……ふむ。嘘か真《まこと》か知らぬが、たしかにそう書かれておるの。娘――いくらじゃ？」

「え？」

佐保は、首をかしげた。

「いくら出せば、それをわしに売る？」

「恐れながら――」

十阿弥である。獅子若が何か言おうとするのを制するように前に出た聖姿《ひじりすがた》の馬借は、

「それは売物ではありませぬ。佐保様のご先祖が、九郎判官様からいただいた大切な書状にて」

「百疋《ぴき》でもか？」

眠たそうな眼が溶岩に似た眼光をきらめかせた。

獅子若は——自分たちが、獅子や山犬がうろつく危険な谷のすぐ縁に立っているのを知った。小沼大夫に仕える荒事《あらごと》を好む男たちが、牙を剝くように歯を見せたり、拳で鋭気をふくらませたりする。

男たちが発する敵意をふんわりつつんでしまうやわらかい声を、佐保は発している。

「小沼大夫様。たとえば……川の水に値はつきますでしょうか？　川が山からはこんでくる清流《ながれ》は、その畔《ほとり》にいる者が、男も女も、貧しきも富める人も、ひとしく手で掬《すく》い、口に入れて差しつかえないものではないでしょうか？」

小沼大夫、面白そうに、

「値がつく時もあろうな。たとえば、大旱魃《だいかんばつ》によって、水が金銀よりも貴くなれば、川の水一杯いくらと値がつこう」

笑いながら部下どもを見まわす。

「そう思わぬか？」

「思いまする」

「いかにも」

侍たちは、同調し佐保をせせら笑った。下人たちの幾人かも卑屈な笑みを浮かべたが、複雑な面持ちでうつむく下人もいた。

佐保は、凛《りん》とした声で、

「では――雨水はどうでしょう？」

「雨水とな」

「雨の水は百姓たちにも、商人たちにも、樵《きこり》にも、お武家様にも……安芸の殿様にも、その上におられる細川様にも、室町御所におられる方たちにも、ひとしく降りそそぎます」

「…………」

「この雨水に値はつけられるでしょうか？　あるいは、雨を降らせる雲。この雲に値をつけるとしたらいくらなのでしょう？　この雲を小沼大夫様が大金をはたいて買われたとします。そこから降る雨を貴方が独り占めにしたとして……日本六十余州にいる他のお武家様たち、お坊様たち、百姓衆、商人たち、要するに他の全ての人々はこの取引に納得するでしょうか？」

小沼大夫の額で、血管がぴくぴく波打っていた。

佐保は畳みかけるようにつづける。

「――納得しないいように思うのです」

「そなたはわしに、金子《きんす》で購《あがな》えぬものもあると申したい訳じゃな？」

「はい」

小沼大夫は、剣風に似た風を起しながら扇をすっとむけ、

「で……その過書がそなたらにとって金に換えられぬものだと？」

「そういうことです」

「では、こうしよう」

小沼大夫は、無表情にもどった。

「わしの許ではたらけ。禄《ろく》も、弾む」

「それはできません」

佐保は答えている。

「何ゆえか？」

「――はぐれ馬借でなくなっちまうからですよ」

獅子若が、ドスが効いた声を出した。

「俺たちは、誰にも支配されねえ。そんで、日本の好きな所に好きなものをはこんで行く。小沼大夫様だけの馬方になったら……」

一度、三郎丸を見、また小沼大夫にむき直る。

「……それはもうはぐれ馬借じゃねえんですよ」

板塀の方から強烈な塵風《じんぷう》が吹き、獅子若の後ろ髪を叩き、小沼大夫の顔面にぶつかった。目、口に砂が入った小沼大夫は不興そうに顔をしかめる。ぺっと唾を吐くと——鋭気を隠し、鷹揚《おうよう》さを醸す。

「好きな所に行けるではないか？　この土佐を起点に、何処にでも。この杣山の材木は遠国まで行く」

姫夜叉が、おずおずと口を出す。

「それだと……」

一転、眼火を燃やしきっぱりと、

「それだと、あたいらを待っている人の許に行けないからっ」

「——ほう？」

皺深き十阿弥が、欠けた歯を見せながら、笑み、

「大雨の土佐には水害で孤立し、我らがものを届けるのを待っている村があるかもしれない。大雪の越後にも、我らが物資を届けるのを待っている町があるやもしれない。左様な思いで諸国を旅して参りました」

「奇特なことよ」

「その将来の旅路で我らを待つ人々に応えられなければ、はぐれ馬借ではない、この子はそう言いたかったのだと思いまする」

十阿弥が姫夜叉の頭に手を置く。

獅子若は、

（こいつの狙いがわかってきたぜ。こいつは多分、材木にかかる莫大な関銭を減らしたい。浮いた分を懐に入れるつもりってか。だから、諸国関銭免除の過書が喉から手が出るほど欲しい。――渡すかよ）

小沼大夫は、考え込んでいた。

佐保が取りなすように言う。

「勿論――小沼大夫様のお仕事を全くお引き受けしないというつもりではありません。今は、二つの仕事を手がけているのですが、それが終れば、短い仕事であれば、お引き受けできます」

（佐保は小沼大夫の仕事など――受ける気はない）

と、獅子若は思った。だがそうでも言わねば、この場を切り抜けられぬこともわかる。

小沼大夫は、首肯している。

「なるほど。では……短い仕事がないか吟味するゆえ、一両日ここに逗留していくがよい。その間に昌雲の子、末吉と言ったかな？　その子のこともしらべてみよう……。逗留中に気が変り、やはり件《くだん》の過書を売りたいということになれば、高値で買い取ろう」

獅子若たちは目を見合わせた。

周囲にいる十数人の武士が、異存があれば抜くと言わんばかりの気迫を漂わせ、睨んでくる。

今の申し出の拒絶は——相当な災いを呼ぶ気がした。

しかも、ここに逗留する餌として、昌雲の倅についての情報まで提示された。

佐保は、かんばせを強張らせていた。

「……わかりました」

同意する他なかった。

獅子若は、自分たちの周りに蜘蛛《くも》の巣に似た妖気が静かに張られたのを感じた。無惨に殴り殺された少年の屍に視線を落とす。

「…………」

東坂本にいた頃、獅子若は暴力の渦中に生きてきた。だが、この小さな……無抵抗の命に振るわれた暴力を、どうしても許せないと、強く思うのだった。

＊

小柴垣に囲まれた離れに、獅子若たちは通されている。竹の簀子《すのこ》に足をかけ、六畳ほどの板の間に入ると、案内《あない》してきた下人頭は母屋へ、もどってゆく。それを見計らって、昌雲は、

「わいのせいで……皆を妙なことに巻き込んでもた」

自分を責めるような、暗い翳《かげ》りをおびた声であった。

十阿弥は手を振った。

「いやいや、お気になさらず。わしは子を持ったことがないが、子を追って故郷を遠く離れた地を旅するあんたを、幾日も見ておると……あんたの子を見つけられぬようでは、はぐれ馬借の名が立たぬと思ってきた」

「それ……あたい……ってたよ」

やつまた団子を頬張りながら滑舌悪く言う姫夜叉だった。

「あん？　何言《なんっ》った？　姫」

獅子若が頓狂な声を出すと、姫夜叉は口のものを嚥下《えんげ》する。

「それ、あたいも思ってましたって言ったのっ。で——昌雲さんの息子さんが見つかったら、その子と昌雲さんを紀州に届ける。そこまでやってっての、はぐれ馬借かなって」

「わかったから——でけえ声出すな。……そうだな。俺も、同じ気持ちだ」

獅子若と佐保はうなずき合った。

その横で十阿弥が、双眸を光らせている。

「あの男――どう思う？」

あの男とは言わずと知れた小沼大夫である。

「あんな小さい子を……」

母屋の前で殴り殺されていた童の死体が、燃えるような熱さと共に、眼裏で活写された。獅子若の胸は鋭く痛んだ。

「噂《うわさ》通り、ひどい野郎だな」

「その御仁が、佐保様が持つ九郎判官様の過書に相当な執心を抱いておる様子。どうにかして、掠《かす》め取ろうとするような気がする」

「そんな……できる訳ないでしょ？」

佐保が静かに言った。

「わたしたちは、あの人の主家に荷を届けるのよ……。はぐれ馬借を知る人も多い。わたしたちをどうにかして、無理矢理過書を奪ったとしても、新しいはぐれ馬借は偽者と天下の人にすぐわかるわ」

「そういう常識が通じん相手に思うのです。決して愚かではないが……常識が通じん相手。とにかく、この屋敷で出された食物《もの》は一切口に入れぬ方がいい」

十阿弥の意見に獅子若も賛成だった。

獅子若は、

「なあ、昌雲さんの子供のこと、小沼大夫にしろ、この屋敷の者たちにしろ、何か知ってるんじゃゃねえか……そんな気がしたぜ」

「わたしもそう思った」

佐保は、大きな瞳を真《ま》っ直《す》ぐこっちにむけ同意した。

昌雲が口を開こうとした時、

「夕餉《ゆうげ》じゃ」

下女が二人、食膳を持ってきた。

黒光りする板の間を血のような西日が照らしている。

その床に、手際よく、夕餉が置かれる。

稗が混じった、たっぷりの米飯。ズイキの煮物。藜《あかざ》の味噌汁《みそしる》。煎り胡麻《ごま》。

そんな簡素な飯である。

粗食であるけれど——この屋敷の下男下女はもっと粗末なものを食べていると思われた。

配膳を終えた二人の下女は出て行こうとした。が、簀子を踏んだ処で年かさの方の下女が、顧みる。

「昌雲さんは……」

「わいや」

西日の赤光《しやっこう》が、後ろで一つにむすんだ下女の髪の縁や大気中をたゆたう小虫の類を山吹色に照らしていた。その顔は逆光により薄い陰になっていた。

彼女は、何の模様もない、すり切れ、くたびれた、いかにも古いぼろを着ていたが、落日の働きか――厳かさすら漂っていた。

世の中が見放したような境涯にあるこの女に、光が見せる一瞬の変幻が、近寄り難い気高さを……授けているのであった。

下女は低い声で、

「五ツ、厩《うまや》と厨《くりや》の間に、おまさんに会いたがっちゅう人がおるぞね」

「誰やろ？」

「来れば、わかるぞね」

そして、下女は去って行った。

昌雲は首をかしげている。

獅子若が、言った。

「俺も一緒に行こう」

「ねえ、味噌汁だけでも……」

姫夜叉が思い切り鼻をふくらませる。

「駄目じゃ。怪しいから喰《く》うな。いま少し暗くなったら、裏庭にすてよう」

十阿弥が、固く止めた。

——やがて、潤《うる》けたような青き夕闇が、広い屋敷をつつみはじめる。

甚吉森の方で血に飢えた狼《おおかみ》どもの遠吠えが始まる。

萩《はぎ》が紫の花に彩られた腕をさかんに差し出す下で、鈴虫の透き通った音《ね》、松虫の鳴き声が、涼やかに響いている。

はぐれ馬借衆があてがわれた離れの裏には萩の植込みがあった。

夕闇にまぎれこっそり外に出た獅子若と十阿弥は、飯や味噌汁を萩の中にすてた。

懐中にあったやつまた団子一つと竹筒の水を口に入れ五人は夜が更けるのを待つ。


ススキの原が描かれた火桶《ひおけ》が、畳に置かれていた。

小沼大夫はさかんに火箸をまわして、赤い火をもっと掻き起そうとしていた。

障子の外は夜闇が席巻《せっけん》していて、下から照らされた扁平な面貌に不気味な翳りができている。

小沼大夫の他に、狩りから帰った二人の子、太郎と次郎、山廻《まわ》りからもどった弟、兼光がいた。

「父上。その過書が欲しいなら、離れにいる五人を斬り殺し、力ずくで奪ってしまえばよかろう」

　武勇に秀でるが単純な気質の嫡男、太郎が太い声を出した。

　情報通で、奸計《かんけい》に秀でる次郎が、

「待たれよ兄者《あにじゃ》。連中は……安芸の姫様がつかう道具を、届けるのじゃぞ」

「三郎丸に届けさせればよかろう」

「たわけ」

　冷たく叱った小沼大夫が火桶から顔を上げる。

「後で、木頭の雄熊大夫の口から、荷を預けたのは別の者であることが知れたら我らの立場は悪くなろう」

　次郎が訳知り顔で、囁く。

「しかも、京の管領《かんれい》・畠山《はたけやま》様もはぐれ馬借に何か大事をたのんだことがあるとか……。彼奴《きゃつ》らに何かあれば、管領様が乗り出してくるかもしれぬ」

「管領様がのう……。それは、厄介じゃな」

　小沼大夫は忌々《いまいま》しげな顔になった。

　室町幕府の管領は——三管《さんかん》と呼ばれる三つの家、畠山、斯波《しば》、細川の当主しかなれない。

　畠山家と細川家は同格の守護大名であり、小沼大夫は細川家の家来の家来であった。

「それは兄者、その過書をあきらめるに越したことはないということよ」

この至極穏健な判断はずっと黙っていた兼光から出た。

兼光は大人しい性分で、下人下女を虐待し、平気で殺してしまう兄、小沼大夫につい て行けず……杣人たちと山をめぐり次に何処を伐採するか決める山仕事に出ることが多い。この日も山帰りに、密議に呼ばれている。

「――いや」

小沼大夫は鬼に似た凄気をにじませながら扇を出し、強く手を打つ。

「お主はあの過書から生み出される莫大な利を計算できぬのか？　だからお主は、駄目なのじゃ」

「…………」

「我らがどれほど、坊主や神主、朝廷や幕府高官が設けた関に、銭をおさめておるか。びた一文おさめんでいいとなれば……どれほどの甘い汁が、我らに滴り落ちる」

兼光は、冷静に、

「そんなことをしたら安芸摂津守様に睨まれるであろう。わしは、反対です」

「己の懐に入る分がふくらめば、摂津守様は文句は言うまい。よいか、皆の者。わしは畑山など他の代官に負けたくない」

畑山家は安芸家の分家で、京の畠山家とは関《かかわ》りない。

「ずば抜けた代官でありたい。一族の繁栄のために、わしは何としても諸国関銭無用の過書を手に入れ、我らが馬方にそれをつかわせ、他の代官どもを悉く追い落とす」

小沼大夫の野望はそれに止《とど》まらぬ。やがては、安芸家をも追い落とし……東土佐の支配者になる遠大な野望がめらめら燃えはじめていた。

「そのための策を、申せ」

次郎がにかりと笑う。

小沼大夫は、

「何か思いついたか」

「はっ。父上」

細面の次郎は勿体《もったい》ぶった視線を一度叔父《おじ》に流してから、口を開いた。

「はぐれ馬借と一緒にいる昌雲という雲水《うんすい》」

「うむ」

「かの雲水の倅が末吉で……末吉は父上の下人なのですな?」

「左様」

「この末吉をつかいます」

——悪鬼の笑みが、小沼大夫の面貌をやわらげた。

「わしも末吉が何らかの策につかえると思い、咄嗟《とっさ》にあの子が屋敷におることを伏せたのじゃ。じゃが、その計略がいま一つ見えなかったのじゃ」

「わたしには見えたのです」

冷たい自信がのぞく次郎の言い方だった。

「申せ。申せ」

次郎は身を乗り出し、一層声を絞り込んでいる。

「父上は……末吉について情報をあつめておく、そう彼奴らに仰せになった？」

「うむ」

小沼大夫と太郎は次郎に顔を近づけ、兼光は溜息《ためいき》混じりにそれにならった。

次郎は、囁く。

「連中が安芸の町に荷を届けます」

土佐国安芸湊は大洋に面していて、ここから六里以上離れていた。

「その段階で、彼奴らに使いを出す。末吉の居場所がわかったと知らせるのです」

「ほう」

「末吉は物部《もののべ》に売られ、そこで下人をしているということにしましょう」

物部とは、ここから西に位置する孤立した山村である。

そこでは、いざなぎ流と呼ばれる陰陽道系の呪術者たちが大きく敬われ、様々な呪術がおこなわれている。物部は安芸氏ではなく山田氏という領主の版図《はんと》である。

ここから物部にいたる道は山また山で人家は全くない。

「一度、彼奴らをここに呼び、物部にむかわせます。その道中で狼が出る谷がございます。そこに侍たちを伏せておき……討ち果たします」

恐ろしい話を愉快そうに話す次郎であった。

「屍は——土佐犬に噛ませる。決して露見しないと思いますが、万一露見した時は狼に襲われたことにする訳です。過書を奪えばこちらのもの。死人に口なしでございますから、彼奴らに生前後事を託されていたなどと、いくらでも話をつくれるでしょう」

「末吉はどうする？」

「奴らが安芸に発《た》ったら、裏山で斬りましょう。明日は仕事を休ませ、他の下人が畑に出たら、裏山につれ出して始末する」

「末吉まで手にかけずともよいのではないか……」

兼光が重々しく口を開くと、次郎は氷よりも冷えた声調で返した。

「叔父上は甘すぎます。末吉は物部にいることになっているのに、ここにいることが連中に知れたら、ややこしい。これが一つ。もう一つ……今日、幾人かの侍や下人どもが昌雲が末吉の父であることを知りました。叔父上が言った通り、末吉を生かすとします。我らは昌雲を斬ります。この事実が、誰かの口から末吉に明かされた場合……末吉は父の仇《かたき》として、我らを怨みますぞ。いかなる災いが末吉により引き起されるかわかりませぬ。この将来の禍根を絶つため、末吉に死んでもらう必要がある訳です」

小沼大夫は、言った。

「——妙案ぞ、次郎。全てお主の申した通りにすすめよう」

兼光は、小沼大夫、太郎、次郎、この三人の親族の心根が信じられないという面持ちを見せた。


母屋を退出した兼光は赤く欠けた山月を仰いでいる。

「何という家に生れてしまったものか……。ここから早く出たい」

兄の所行を考えるにつれて、波状的に押し寄せる悔恨が、胸の内で広がった。だが、あまり気が強くない兼光はその思いを形にできず、結局はこの家で暮す他ないという考えが必ず覆いかぶさってきて、今覚えたような悔いは心の地層となって静かに溜ってゆく一方なのだった。


厩では小沼大夫の駒たちに並んで、はぐれ馬借衆の馬が立ち寝していた。

厩に面した厨の壁には山でとれたらしい雉《きじ》のつがいがぶら下がっていた。

広い庭から厩と厨、二つの建物に挟まれた狭い空間に、夜霧が流れてくる。その霧が昌雲と獅子若の足を撫でる。

(昌雲さんに会いたがってる奴って、誰だ？　末吉の居所を知る者か？)
獅子若は何かことあった場合に備え――金礫を一つにぎっていた。
と、霧が流れてくる方から、小さな影が一つこちらにやってきた。
――童子であるらしい。
昌雲が、大きくわなないた。
「ああ……ああ」
掻き毟《むし》るような声が、絞り出される。
この雲水の核心で激情が奔騰していることが、獅子若にもわかった。
童子は立ち止った。
そして、突かれたように、大きく息を呑む。
獅子若も――この子が誰なのか直覚した。
「大きい声を出すな、昌雲さん」
低く囁く。
うなずいた昌雲は我が子に駆け寄った。そして、ふるえる体をきつく抱きしめた。
「末吉ぃっ――」
燃えそうになる激情を必死に押し潰した声だった。
その気配に春風が目を覚ましたらしい。ぱたぱたと、尾で臀部《でんぶ》を叩く音がする。

「お父《と》……お父はん」

昌雲の腕の中で少年は声を押し殺し泣いているようであった。それは――三年ぶりにしては、あまりに静かな親子の対面であった。

「一緒に逃げら」

昌雲が囁くと、末吉は涙混じりの声で、

「うん……せやけど……」

「せやけど？」

末吉は辺りに視線を走らせて、他に誰もいないのをたしかめてから、言った。

「逃げたら――殺される。赤丸のように。……友達やった」

「せやったか……。性根《しょね》が腐っとる。何と酷《ひど》い所や」

獅子若が歩み寄る。

「俺たちがいるから大丈夫だ」

誰なんという目でこちらをあおぐ末吉に、

「俺たちは、はぐれ馬借衆。大切な荷をはこび、日本の何処にでも行く者。お前たち親子を紀伊まで届けてやるよ」

昌雲が、唇を噛んだ。

「獅子若さん……」

「乗りかかった船だ」

獅子若は即答すると、膝を折って、子供の目の高さに大きな自分を合わせる。

「明日、俺たちは安芸へ発つ。だが、途中でもどってくる。お前は畑に出るか？」

「うん」

「何処の畑だ？」

「西の山の畑や」

西の山の畑の正確な所在を、獅子若は聞いた。

昼、弁当を食べた後、用を足すふりをして、末吉は木立に入る。その末吉をさらって逃げる——という算段がまとまった。

伍

「伊予の血《ち》の池弁天《いけべんてん》」

白い絹の小袖をまとい、赤い帯に、金礫《かなつぶて》の入った紅巾着《べにきんちゃく》をいくつも下げ、真紅の覆面で顔を隠した妙齢の女である。

「竜王山《りゅうおうざん》の鷲五郎《わしごろう》」

長い銀髪を垂らし、剃刀《かみそり》の如《ごと》く尖《とが》った目をした強面《こわもて》の男である。

「勝瑞《しょうずい》の突破法師《とつぱほうし》」

黒い布で面《おもて》の下半分をおおった年齢不詳、僧形《そうぎょう》の人物である。

眼帯をして、髪が赤茶けた男、猿《まし》ノ蔵人《くらんど》が言った。

「よくぞあつまってくれた兄妹《きょうだい》たち」

「久方《えっと》ぶりじゃや義兄《あにい》。街道を遠国《おんごく》へ行く商人《あきゅうど》どもの動きは益々《ますます》盛んになり、荷駄を守る牢人《ろうにん》の数も年を追うごとに増えとる。その商人からもの奪う我ら賊も――人数、情報《ねた》を融通し合わねば生き残れん」

突破法師は布で黒ずんだ棒を拭いていた。突破とは盗み、火付け、人さらいなどを生業《なりわい》とする無頼である。

伊予の血の池弁天が、しっとり濡《ぬ》れた声を出す。

「他ならぬ蔵人の兄さんの招集です。一仕事あったんだけど、放り出して飛んできましたよ」

――四十人近い賊どもは剛道がいる村を夜の森から見下ろしている。

山に囲まれた村はすぐそこまで迫った脅威を知らず、ぐっすりと眠りこけていた。

闇に沈んだ樹々《きぎ》は霧にまぜる形で、不気味な妖気を絶えず吐きつづけていた。

途方もなく大きな樫《かし》、楠《くすのき》。それらの樹々に、縦に横に、あるいは斜《はす》に、太かったり細かったりする異形の気根《きこん》を狂ったように絡ませる榕《あこう》は……まるで、束縛とか、癒着とか、執拗《しつよう》という概念を、自らの樹態《すがた》で表現するのだという強迫観念に、捉われているようだった。

蔵人が、

「金は、村の真ん中の寺にある。橋を直すために勧進であつめた銭がよ。それなりに歯向かってくるだろうが……この人数で寝込みを襲い、若衆を悉《ことごと》く斬り殺し、家々に火をかければもうこっちのもんだろう」

鷲五郎が問う。

「武士もおるん？」

蔵人は、地侍の屋敷を指す。

「いることはいるが、郎党十人ほどしか抱えておらぬ。他愛ない相手じゃ」

「勧進の銭を奪うというのが、若干引っかかりますが――」

伊予の血の池弁天が赤い数珠《じゅず》を出して手を合わせた。

「我ら賊も、大水や日照りと同じ、一種の災いと思い……あきらめてもらう他ありませんねえ。ふふ」

突破法師が、太くて重そうな棒を拭いていた布をしまう。

「この仕事一つのために、わしらを？」

「いや」

蔵人は否定する。

「ここで懐を温めたら、精鋭を募り、もう一仕事たのみたい。銭金にならん仕事よ」

「義兄はほんに人使いが荒い。わしら盗人《ぬすびと》に銭金にならん仕事を？」

突破法師は、眉を顰《ひそ》めた。

蔵人は眼帯を指でつつく。

「わしの目を潰した男がおる。東坂本の獅子若という手強《てごわ》い奴《やつ》で、十人で束になってかかって勝てるかどうか……。それほど、凄《すさ》まじき礫を投げる男よ」

「義兄が左様に言うちゅうことは、相当な者じゃな」

鷲五郎が、鋭利な目を細めた。

蔵人は、逞《たくま》しい体から、凄気を放つ。

「その獅子若が――四国におる。何としてもあいつを退治し、この無念を晴らしたい。わしもそなたらの危難を救ったことがあった。なので此度《こたび》は、その力をわしに貸してくれぬか？」

「なるほど、ほうゆうことか……助太刀《すけだち》致す」

「いいですよ。殺《や》りましょうよ、獅子若って奴」

「承った」

悪名高き賊の頭目たちは獅子若退治に同意した――。

「ありがたい。では、まずは、あれに見える村を襲い、懐を温めようではないか」

＊

作事《さくじ》をすすめる上での様々な心配事が、剛道の胸でつっかえていた。

古代国家は別として、中世の公権力は民が必要とする橋や溜池《ためいけ》の整備に、ほぼ無関心であった。

それを主導したのは行基《ぎょうき》や空海《くうかい》の延長線上にいる無数の僧や聖《ひじり》、山伏たちである。

彼らは勧進、作事を監督するだけでなく、橋ができれば橋供養もするし、その後も橋詰にいて橋賃を徴収したりする。この橋賃が新たなる作事の元手になるし、やり手の僧は橋賃を原資として金融を始めたりする。剛道は勧進の能力は高かったが、自分の懐をふくらませることにほとんど関心はない。だから、あつめた銭も純粋に当地の人々のためにつかう。

（どうつかうのが、村のために……皆のためにもっともよいのか）

そうした問いかけを常に己に課していたし、はぐれ馬借《ばしゃく》衆《しゅう》と土佐に行った昌雲も気がかりだった。

（昌雲は無事に我が子に会えるだろうか。どうか、行き合ってほしいものよ）

いろいろな雑念が渦巻き、なかなか眠れぬのだった。

醒《さ》めた意識が寝返りを打たせる。

と、犬の声がした。

やけにしつこく持続する声音であった。

が、不意に吠《ほ》え声が、ギャンという一瞬の叫びと共に止る。

（何じゃ）

剛道は半身を起す。

すぐに争う音がした。

青ざめた雷撃が、体を走る。只事《ただごと》ではない気がした。

剛道は素早く立つと、囲炉裏《いろり》の火を熾《おこ》し、部屋の一隅に置かれた杖《つえ》を手に取る。

と、

「剛道っ」

肩から血を流した和尚《おしょう》が、駆け込んできた。

「どうしました？」

「賊じゃ。寺男が斬られたっ」

刹那——闇夜の底から一本の矢が飛んできて、老僧の背から腹までを貫く。枯木のように手足が細い和尚はばったり倒れる。

「何と罰当りなことを！　村の衆、盗賊じゃぁ、盗賊じゃぁ！」

剛道は、吠えた。

覆面をし太刀を引っ下げた男が二人、庫裏《くり》に入ってきた。

腕っ節には自信がある剛道は、杖を構えて歯嚙《はが》みする。

奥の一室に経箱などを置く三段の棚がある。その最下段に、銭を入れた箱が置いてある。四国の津々浦々、時には淡路や紀伊まで足を延ばし、善意の人々からあつめた銭だ。

その中には富める者も、その日の油代にも事欠く貧しい人も、いた。皆一様に……訪れたこととてない、阿波の水害で苦しむ村を救うために、出せる銭を供出してくれた。剛道と昌雲が、透波《すっぱ》と呼ばれるいかさまではないと信じ、勧進に応じてくれた。

善意の結晶と言うべきその銭を敵は暴力で掠《かす》め取ろうとしている。

（――怒るな、と仏法は説く。だが……こ奴らに怒らずにおられようか）

憤怒《ふんぬ》が赤いけだものとなり、剛道の中で暴れ出す。

「何を血迷って現れたか、盗賊どもっ！　それほど地獄に落ちたいか」

肩を怒らせ一喝した。

覆面の賊は、

「地獄などないわ。おまはんたち坊主の作り話じゃ！」

刀で突いてきた――。

剛道は、後ずさりながら杖を振るう。

今度は賊が後ろ跳びした。

ガタン！

奥の一室で閉ざされた舞良戸《まいらど》が荒々しく開け放たれる音がした。

今、相対している賊どもと別の奴が、大切な鳥目《ちょうもく》がしまわれた部屋に押し入ったのだ。

「させるかっ、罰当りめ」

もう一振り、眼前の賊を威嚇し、隣室に通じる杉戸を開ける。

――！

凄まじい打撃が剛道の頭部を襲う。

剛道は脳味噌《のうみそ》を撒《ま》き散らしながら床に倒れた。

隣室に入った賊に、打ち殺されたのである。

血で濡れた筋金入りの棒を、床にドンと立て、

「地獄もなければ、罰もなし。わしは出家じゃけんようわかる！」

からからと哄笑《こうしょう》したのは勝瑞の突破法師だった。

――阿波の中心地、勝瑞の暗黒街を仕切る凶賊であり、町外れの寺の僧という表の顔を持つ。押し入った商家や富農の家の子にいたるまで皆殺しにする荒い手口で悪名高い。

寺男を斬った返り血で面貌を濡らした猿ノ蔵人が突破法師が開けた舞良戸から、どかどか入ってきて、

「さあ、お宝はこれだ！　者ども、はこび出せっ。抵抗する者は皆斬れ！」

突破法師が、吠える。

「仏像放るな阿呆《あほう》！　金になるじゃろ」

勧進であつまった銭、そして高価な仏像などを強奪した賊どもが山門から出た処《ところ》で、

鍬《くわ》や槍《やり》を構えた百姓衆、地侍の家の子が果敢に立ちふさがった。

賊が持ち去ろうとしているのは、ただの金子《きんす》ではない。――村が立ち直るために必要な、希望だ。

村の衆には負けられぬ闘いであった。

が、

「あな、面白し」

寺の近く、百姓家の萱葺《かやぶき》屋根に、妖しい女の影がぬっと立つ。その両腕が異常の速さで動き鋭気が次々に夜空を飛んだ。

――金礫。

八面六臂《はちめんろっぴ》とはこのことかという速さで、その女、伊予の血の池弁天は金礫を放った。

一つ一つは小さい礫だが、目にも止らぬ速さのため、百姓たち、侍たちは、たじろいだ。

その時――。

ごつごつした黒い突風が、荒々しい唸《うな》りを上げて先頭の百姓の面にぶつかった。鼻が潰れ、折れた歯が何本か飛ぶ。野面積《のづらづみ》につかえそうな大石だ。大石は勢いそのまま後ろにいた若者の額を柘榴《ざくろ》状に割る。

二人は即死した。

――蔵人だ。

背負い籠の横につくられた開閉自在の口から、ごつごつした石を取り出す。

屈強な両腕から放たれた大石は、この地を治める地侍を、屠《ほふ》る。

「頭《あたま》を倒したぞ！　後は雑魚《ざこ》だっ、やれぇ」

勢いづいた賊の凶刃で百姓たちが斬られる。突破法師の棒が右に左に動き、立ちむかわんとした若衆が瞬く間に倒される。

劣勢になった村の衆は逃げようとした。が、不気味な得物《えもの》を持った男が、立ちふさがった。

柄に首を掻《か》けそうな大ぶりな鎌がついていた。刃の反対側が、ノコギリ状になった大鎌である。

——薙鎌《なぎがま》を持った竜王山の鷲五郎だ。

たたらを踏んだ百姓が二人、血煙上げて倒れる。

「キエ！」

血の池弁天が刀を抜きつつ飛び降りた。

着地しざまに、二人斬りすてている。

恐慌状態に陥った村の衆を賊どもは容赦なく襲い、命乞いした青年も目玉をくり貫《ぬ》かれて殺された。

幾軒かの家には火までかけられた。

剛道と昌雲が勧進であつめた銭貨は奪われた。

立ち直ろうとした村は、盗賊の突然の夜襲により徹底的に壊された——。

＊

翡翠《ひすい》から溶けた滴に似た青緑の光が東の稜線《りょうせん》を薄明るくしている。鶏鳴が、眠りこけていた山里をふるわす。

四国山地に朝がきたのである。

離れにいた獅子若たちの許《もと》に、昨日の下女が熱々のさんみとうを持ってきてくれた。

さんみとうは土佐の山人の飯であり、稗《ひえ》、キビ、小豆《あずき》を混ぜて炊いたものだ。下女は目で、

『会えたが？』

と、語りかけてくるも何も言わず立ち去った。

さんみとうを食べてもよさそうな気もしたが、やはり念には念を入れた方がよい。裏庭に誰もいないのをたしかめてから佐保と姫夜叉ですてた。

竹でできた、山中の閑居を思わす簀子に上がりながら、佐保は、

「食べ物を粗末にしちゃいけないわ。今回が、特別ね」

姫夜叉に言う。

「食べたかったなぁ、さんみとう……」

姫夜叉のお腹《なか》がぐーっと鳴る。

「安芸の町に着いたら、お腹いっぱい食べられるから」

佐保の言を聞いても姫夜叉のふくれ面は直らない。

「安芸の町は、海の傍《そば》だから、魚が美味《おい》しいでしょ？　やっぱり、山では山の幸……海では海の幸。土地の美味しいもんをしっかり食べないとね」

「いつからそんないい身分になったんだ？　行くぞ」

獅子若の拳が、姫夜叉の短髪を、軽くコツンと叩《たた》く。

母屋《もや》の方に一行は移動する。

侍が小沼大夫はまだ休んでいると言うから、嫡男の太郎に暇乞《いとまご》いした。

太郎は薄気味悪い笑みを浮かべながら、

「はぐれ馬借衆よ。そなたらに、たのみたき仕事が出てくるやもしれぬ。安芸にしばらく逗留《とうりゆう》しておるがよい。便りをつかわすぜよ」

厨《くりや》から、炊煙が昇っていた。

下男下女は既に起きて活発に動いている。その煙は、これから起きる小沼大夫やその妻妾《さいしよう》たちの朝餉《あさげ》の煙だろう。

獅子若たちは青白い炊煙を横目に門を一つくぐる。

二つの重々しい羽目板塀に挟まれた場所を、歩む。

左で下人たちが鎌を動かし、黄金色《こがねいろ》に穂をふくらませた餅粟《もちあわ》を取り入れていた。

反対側で粗衣を着た下女たちが唐棹《からさお》を振り、悲しげな唄を口ずさみながら脱穀をしていた。

今まさに刈られている粟どもは一本一本表情が違う。たとえばある粟は、獅子若の首まで届く高い茎を真っ黄色にしていた。ある粟は黄色い茎に、黒い斑が入っている。葦《あし》のそれに似た長い葉の縁だけ黄色くした粟、その隣の粟は青い葉のそこかしこに水玉のような黄化が見られる。

だが、餅粟は一様に——小沼大夫一家の口に入るのだろう。

下人下女も同じだ。

一くくりに下人下女と言ったが、体が大きい者もいれば、小さい者もいる。老いも若きもいる。陽気な者も、陰気な者もいよう。

だが、下人下女は一様に——小沼大夫が命じる仕事を、ただ黙々と効率よくこなす者であることが求められていた。ここでは、知恵深く反抗的な者や、監視や指図を嫌う者や、人一倍正義感が強い者や、体力が弱い下人や、不器用な下女は、小沼大夫が求める秩序を乱す者として、疎外される。排除される。

（ここは、人の魂を押し潰す場所だ。赤丸というあの子は、魂が潰されることから逃れようとして、屋敷の前で殺されたのかもしれねえ）

弓矢を持った目付きが鋭い侍たちが、櫓《やぐら》から見下ろしてきた。

獅子若たちは、二つ目の門をくぐった。

小沼大夫の広壮な屋敷と、杣人《そまびと》の家々からなる山里を、一行は後にする。

蛇行する山道を南に行くと、ドウロク神（塞《さい》の神）があった。据え置かれた自然石に注連縄《しめなわ》をまわしたものである。

その先は、若い杉林になっている。

他に人気はない。

「この辺りでいいでしょう」

佐保が告げ、全員首肯する。

五人と五頭は道から外れ杉林に入った。林を潜行して、昨夜、末吉におしえてもらった西の畑を目指す。

獅子若たちが木立に消えてからしばらくして、顔に泥を塗った少年が一人、山道に現れる。

猿ノ蔵人の手下――神速の足を持つ、隼《はやぶさ》だった。

甚吉森ではぐれ馬借衆を見張っており、獅子若に礫で追い払われたのも隼だ。

隼は辺りに険しい目を走らせてから、ドウロク神に忍び寄っている。そして、いくつかの傷をつけた枝を取り出すと、石の裏にこっそり立てた。枝につけた傷が暗号になっているのである。こうやって、里と里の間に必ずあるドウロク神、塞の神をつかい、盗賊たちは連絡を取り合っているのだ。

一度は獅子若に追い払われたこの少年、馬糞《ばふん》を頼りに追いつき、つかず離れず尾行してきた訳である。

伝言を残した隼は獅子若たちが消えた林に追うように入った。


西の畑は八割方刈り取られていた。

刈られた粟は稲架掛けし、稗は「島立て」される。小島のような形に何本かたばね、数日放置、天日干しするのである。乾燥が十分すんでから下人や力が強い下女が、籠に入れて、屋敷までせっせとはこぶ。それを屋敷にいる女たちが唐棹で打つ訳である。

猫の額ほどの畑なら、家族と隣家の結《ゆい》で済む作業だが、小沼大夫のいとなむ山畑はいずれも大きい。その作業量たるや膨大だった。

既に刈られた所にはそうした稲架や島を除けば、雑穀の葉や茎が千切れたものが散らばっているだけで、久方ぶりにふれた外気を思い切り吸った土は、心なしか幸せそうであった。

まだ刈り取りが終っていない場所では、焦げ茶色の矛が如き穂を直立させた稗や、金《こん》色《じき》の穂を物憂げにうつむかせた粟が佇《たたず》んでいる。

数知れぬ雀《すずめ》や山雀《やまがら》、それにセキレイが、高く囀《さえず》りながらどっと飛んできて、畑に落ちた粒や、まだ穂にあるご馳走《ちそう》を夢中になってついばんでいた。

「ええい、小鳥ども。くるなっ、くるなぁ――！」

下人頭が顔を真っ赤にして竹竿《たけざお》で追い払う。

すると、小鳥たちは一斉に飛び立ち――その薄い羽根が日の光に透かされた。

「――どうだ、あの中にいるか？」

常緑樹の茂みから二人の男の眼《まなこ》が、のぞいていた。獅子若と昌雲。その後ろには佐保たちが、固唾《かたず》を呑《の》んでしゃがんでいる。

畑では子供の下人も幾人かはたらいていた。

畑に接する藪《やぶ》に隠れた獅子若は、その中に末吉がいないか問うたのである。

じっと童《わらわ》らを睨《にら》んでいた昌雲は首を横に振る。

（どういうことだ？）

獅子若は、面を険しくする。

十阿弥《じゅうあみ》が後ろから、

「ここが西の畑であることは間違いないと思うのじゃが」

獅子若は首をひねる。

「誰か、屋敷の方まで見に行った方がいいかもしれねえ。勿論《もちろん》、ここにも誰かいなきゃいけねえが、末吉は屋敷の方で別の仕事をわり振られたのかもな」

「末吉の顔を知っているのは昌雲さんと獅子若だけよね」

佐保が指摘した。

「そうだ」

「だとしたら、昌雲さんが屋敷へもどるなら、獅子若はここにいなきゃいけない」

「この辺りは密なる森が多い」

十阿弥である。

「大きい馬では……難儀するぞ」

蒙古《もうこ》馬の血を引き、山陰、北陸、東国に分布した体が大きい馬、南部馬（春風）、佐渡馬（鯨）、甲斐駒（三日月）のことである。取りわけ体が大きい鯨は藪を潜行する時、かなり苦しそうだった。

「——小回りが効く馬が、はたらきやすい」

台湾から琉球《りゅうきゅう》の群島を経、鎮西《ちんぜい》から四国、紀伊半島、東海地方に分布した小型種の馬のことだ。すなわち、伊予産の野間馬（蛟竜《こうりゅう》）と、

「遂に……こいつの出番がきたってことだね」

姫夜叉の手が、小さく白っぽい体に、黒くごわごわした鬣《たてがみ》を持ち、脚が短い馬の背に自信たっぷりに置かれた。

——土佐ひじき。

「南海道《なんかいどう》、土佐国。この木深き土佐こそ、土佐ひじきの生れ故郷だもんね」

姫夜叉が奈良の寺で盗んだ小型馬は、小さく一つ、くしゃみをした。

獅子若が、頭を振る。

「……どうもこいつ、頼りねえな。三日月がいいと思う。一番脚、速《はえ》えしよ」

姫夜叉は、すかさず、

「ちょっと待った。前に言ったよね？　あたいが大した戦力にならないって。その自分の言葉に縛られて、あたいが活躍する機会を潰したい……そうなんでしょ？」

「そんな小せえ男じゃねえよ俺」

「いやいや。獅子若は図体《ずうたい》は大きいけど、人間としての度量が小さいことが、時々あるよ。あたい、人を見る目、あるもんっ」

獅子若のごつい手が、姫夜叉の口をぎゅっとふさいだ。

「——でけえ声出すな、てめえ。気づかれたらどうする？」

畑ではたらく下人下女、それを見張る侍や下人頭《がしら》は、こちらに気づいていなかった。

口をふさがれた姫夜叉は手をバタバタさせ、はなせとつたえてきた。

獅子若が手をはなす。

ふーっと大きく息を吸った姫夜叉は、

「小回りってことなら、そこの三頭より、四国馬の方が優れている。春風、鯨、三日月が駄目ってことじゃないよ。馬にはそれぞれ得手不得手があるんだよ。春風は長歩きと他の馬をまとめる器量。鯨は力。三日月は俊足《あし》。蛟竜が泳ぎで……土佐ひじきは山の中で正しい道を行くんなら、他の馬に負けない。樹が多ければ多いほど……益々冴《さ》えてきて、はしっこくなり、正しい道をえらぶ」

「…………」

「都の周りに木深き山が沢山あるでしょ？　人のものを盗み、その山中を駆けまわったあたいが言うんだから、間違ってないよ」

獅子若が黙していると、佐保が口元をほころばせた。

「わかったわ。だけど、姫だけでは不安。あと一人……」

「俺が行こう」

獅子若が名乗りを上げる。

意外であったようで佐保と姫夜叉は目を丸《まろ》げ、十阿弥はふっと苦笑した。

「いけねえか？」

「いいえ。獅子若が行ってくれるなら、安心だわ」

佐保と十阿弥、昌雲はこのまま西の畑の傍に待機する。末吉が畑に現れたら、昌雲と蛟竜に乗せ、南へ逃げる。大切な荷を背負っている春風、鯨、三日月も一緒だ。蛟竜が背負っていた毛皮は春風と鯨に分担させる。

獅子若と姫夜叉は土佐ひじきをつれ小沼大夫邸の裏にまわる。

山がつくった棚に、かの邸宅は載っていた。一行が昨夜泊った離れは屋敷のかなり奥であり、そこからは裏手の方がどうなっていたか、窺《うかが》い知れた。

屋敷の裏は低い崖になっており、その上に化物のように大きなモミが生えていた。

「あのモミに登ればさ……全体が窺えると思うんだよ。あたい、自慢じゃないけど、元盗人だからさ、そういう勘鋭いんだよね」

姫夜叉は主張する。

だが、ばらばらになって、どう連絡を取り合えばいいのかという壁に、五人はぶち当った。十阿弥が首をひねる。

「刻限と所を決める。今日の処は——刻限になったら、末吉が現れなくてもその場所に行くということでどうじゃ」

土佐の四大様に毎年来て、この辺りの地形を知暁《ちぎよう》する十阿弥が、黄ばんだ地図の一点に指を置く。

「さっきのドウロク神がここ」

指が南へ走る。

「そこから一里南へ行くと、兄弟椋《むく》の樹というとんでもない大木がある」

佐保が、声を潜め、

「覚えているわ。その樹のことは。二本の大きい椋が、並んでいるの。蔦《つた》がびっしり絡んでいるから、必ずわかると思う」

「兄弟椋の下か。そこは、山道に面してんだろ？　もし追手が放たれたら、危ねえ」

「珍しく獅子若と同意見」

姫夜叉が呟《つぶや》くと十阿弥は指を軽く左右に振る。

「この十阿弥、そんな愚かな男ではない。昔、土佐の四大様に詣でた後、兄弟椋の下で急な腹痛に襲われた。どうしても用を足したく思い、辺りを見まわすと……かの椋の裏を登る草深き石段があるではないか。そこを登ると、いくつもの苔《こけ》むした地蔵がひっそり並ぶ所に出た。高い樹に囲まれた隠れ家のような所でな。恐らく、昔あって今はない村の、墓所が如きものではないか？　わしは、そこで……お地蔵さん、申し訳ない、貴方《あなた》がたの前でするのも気が引けるが、もうこらえ切れんと……」

獅子若は、顔を顰《しか》めた。

「わかった、わかった。臭《くせ》え話だな。つまりあれだな？　昔、十阿弥がでけえ用を足した所で待ち合わせすると？」

「うむ。八ツ半（午後三時頃）にそこで待ち合わせするのでどうじゃ？」

「承知した」

こうして獅子若、姫夜叉と、佐保たち三人は別れた。

＊

激しい動揺と重い困惑が末吉を襲っていた。

下人頭に、

『今日は畑に出んでえぇ。追って、大夫様から指示があるきー』

と、言われたからである。

（今日は……今日は、どないしても畑に出なきゃならんのや）

昨夜は、珍しく一睡もできなかった。

薪《たきぎ》取り、粟、稗、麦、野菜の種蒔《ま》き、施肥、取り入れ、運搬、葛粉《くずこ》をつくるべく、葛根《かっこん》を掘る作業、それを槌《つち》で砕き、冷たい水で揉《も》み、絞り、さらす仕事、葛布を製するため、葛蔓《くずかずら》を取り、水につけ、菰《こも》で発酵させたそれを浅瀬で踏みつづける作業、炭焼きの手伝い、檜皮《ひわだ》や杉皮を採る仕事、杣山につながる道の草刈り、筵《むしろ》編み、そういった仕事に夜明けから日暮れまでほとんど休みなく駆り出されるため、下人小屋の菅筵《すがむしろ》に転がったとたん、一瞬にして眠りの淵《ふち》に落ちてしまうのが、普通なのだった。

そして眠りに落ちた末吉が見るのは生れ故郷、紀伊にいた頃の夢だった。

その儚《はかな》い夢の世界では父も母も元気で、田の脇の溝をメダカが泳ぎ、軒下に干し柿が吊《つ》られ、梅花が綺麗《きれい》な社では神楽《かぐら》がもよおされた。

また、その社によくやってきた熊野比丘尼《くまのびくに》の夢も見た。

老いた熊野比丘尼は大きな文箱《ふばこ》から不思議な絵を取り出し、村の者たちにどんな意味があるか語るのだった。

その絵は上半分に山が、下半分に――血の池や針の山からなり猛悪な鬼が跋扈《ばっこ》する地獄、戦っても戦っても争いが止らぬ修羅の世界、喰《く》っても喰っても腹が満足しない餓鬼ども、死肉を喰う獣たちなど、恐ろしげなものが描かれていた。

上半分に描かれた山は想像上の山である。

何故《なぜ》なら、山の右下では梅や桜が咲き、頂近くでは青々とした葉群《はむら》が茂り、左に下る所では紅葉が見られ、左の山裾には雪が降っているからである。

その山を右から登り、左へ下りる道がある。

道の起点と終点に鳥居があり、始まりの鳥居の下には赤子《あかご》、終りの鳥居の下には老人がいる。

そして、花咲く山道を童や凛々《りり》しい青年、麗しい乙女が登り、青葉の茂る頂を逞しい男や成熟した女が歩み、紅葉の下り坂を、やや疲れを帯びた壮者が、雪の山裾を、翁《おきな》や嫗《おうな》がよろよろと行く。

絵の中心には「心」という字が大きく書かれている。

さる夏の一日、熊野比丘尼の話を聞いていた子供たちは、雉《きじ》の声を聞くと、

『雉や！　焼いて食べるんやー』

どっと、走り出した。

末吉だけが残った。やれやれと首を振って大きな文箱に絵を片づけはじめた老尼に、末吉はつかつか歩み寄る。

『これ、何て読むん？』

蟬時雨《せみしぐれ》の中、「心」という字を真《ま》っ直《す》ぐに指した。

熊野比丘尼は目元に何本も皺《しわ》を寄せて、まじまじと末吉を眺めた。

やがて、

『こころ、という字や』

やさしく言った。

執拗に油蟬が鳴く下で、真っ白い木もれ日に射貫《いぬ》かれた末吉は首をかしげる。

『何《なえ》でここに、こころという字が書かれとるん？』

『……ほんまにわからんか？』

『うん。わからん』

老比丘尼はしまいかけていた絵を、いま一度広げ、

『この絵が人の一生を表しとる、うちはさっき言った』

『うん』

熊野比丘尼の強い目が末吉を見た。

『お前の心の持ち様で……この世はな、極楽にも地獄にもなるんや』


そんな過ぎし日の夢を、よく見るのだった。

それが昨日は、三年ぶりに父に会えた歓喜《よろこび》、ここを出て故郷にもどれるのではないかという希望、大切な友であった赤丸の死で引き起された悲しみや怒りが、波風となって心を揉みくちゃにしたため、まんじりともできないで過ごしたのである。

だが、朝が近づく頃には、

（赤丸は逃げられんかったけど、わいは逃げる。赤丸の分まで……生きるんや）

という考えが湧き、父と共にこの山中の地獄から逃げてみせるのだという、その一念に末吉の心はむいている。

だから、下人頭から、畑に出なくてよいと告げられた末吉は、頭に血が上った。

『何《なえ》で畑に出たらあかんけ？　わいは、畑ではたらきたい！　近頃、取り入れのこつわかってきて凄《どてら》い楽しいんやっ。小沼大夫様のおかげで、飯喰える。せやから、その恩返しに今日も畑ではたらきたいんです！』

初めて、熱烈な抗議をおこなった。

普段、小沼大夫の威光を笠《かさ》に着て、下人下女に威張り散らしている下人頭は、小沼大夫に恩返ししたいという末吉の言葉を聞き、困ったような、気まずいような顔を見せた。この男のそういう表情を見るのは末吉は初めてであった。

『……命令は命令なんじゃ。仕方ないぜよ』

そう告げた下人頭は外に出て行き、末吉は他に誰もいない下人小屋で悶々《もんもん》としていた。

と、

「入るぞ」

板戸が開き、侍が二人、入ってくる。

右の眉に刀傷が走った厳しい面差しをした武士と、でっぷりと肥えた武士である。

「おんしにたのみたい仕事があって参った」

肥えた武士が言い、いま一人は顎でうながしている。

末吉は立つ。

「どないな……？」

「裏山で、少しな……。くればすんぐにわかる」

言葉の中に、管《くだ》があり、その管の中に、妖気の粒が通っている。だが管の膜が厚すぎて妖気の内実は伺い知れぬ。左様な言い方だった。

末吉は、懸命に、

「畑の方を、手伝いたい……」

「おまんがどうこう言える立場にあると思っちゅうか」

ずっと黙っていた眉に傷がある武士が、鋭い語気で——末吉を刺した。

末吉は二人の侍と共に小屋を出る。

三人は、裏山にむかった。

母屋と厩《うまや》の間を抜けると笹《ささ》の海の中に土佐ミズキがまばらに茂った急斜面が立ちふさがった。

狭く薄暗い小道を歩いて、斜面を登る。小道には丸太が一定間隔で横に据えられている。土佐ミズキは黄色く丸っこい異形の虫に似た実を沢山つけており、葉は黄ばみつつあった。

低く嗄《しわが》れた、姿なき鳥の声がつづいていた。

小道が右にくねる。頭上が一気に暗くなり、陰が路上を覆う。空をささえる柱のように高く太い椎《しい》の樹や、楠が道の左右に現れはじめたからだ。

（この先には、特に大《お》きいモミがあるだけや）

不安が色濃くなってきた。

「あのな、小便――」

小便を口実に、侍たちから離れ、西の畑の傍にいる父親と合流、この地を逃げるという策が浮かんだのである。

だが太った侍に強く押される。

「ざんじ着く（すぐ着く）。辛抱しー！」

モミの根元に、突き飛ばされた。

「痛《い》っ……」

地面に転がった末吉は腕をさする。

肥えた侍は双眸《そうぼう》に妖光を灯《とも》し、口元に蕩《とろ》けるような笑みを浮かべ、刀に手をかける。

「すっと――逝かしちゃるきー」

冷たい鍔音《つばおと》が響く。恐怖でいっぱいになった末吉は、ふるえを抑えられない。

「そうぜよ。騒《ほた》えなや。おんしの行き先は……地獄じゃ」

――刀が、抜かれた。

末吉は夢中で頭《かぶり》を振《と》った。

（せっかく、お父はんに会えたのに、またはなればなれになるなんて嫌や）

激しい怖《おそ》れで、心の全てがふるえ出していた。

「ど、どうして？」

たっぷりと肉がついた武士が答える。

「どうして、とな？」

嘲るような声調で、

「お前が死ぬるに何か理由などいるが？　小沼大夫様の命令やきー、ただそれだけじゃにゃぁ」

自分で言った言葉を、よほど気に入ったらしい。もう一度得意げに、

「小沼大夫様の命令やきー、ただ、それだけじゃ！」

いま一人の侍は淡々と宣告した。

「不憫《ふびん》じゃが……どうにも、できん。ここで死に、末吉」

――怒りが燃える。末吉はギラギラ光る眼で二人の侍を睨み、ふるえながら吠えた。

「ほな――小沼大夫様の命令なら、何をしてもええのっ」

肥えた武士は、ゆっくり言った。

「……世の中、そういうもんじゃて」

白刃が振りかぶられる。

末吉は走り出すも、焦りが邪魔立てし、モミの根につまずいた――。

抜刀した侍が、駆け寄ってくる。

その刹那である。

二人の侍とは別の、太い声が響く。

「じゃあ、訊《き》くけどよ。てめえがどうなってもーーそこに、理由なんていらねえってことだな？」

間髪いれずーー猛々《たけだけ》しい殺気が、肥えた武士の、顎と股間に驀進《ばくしん》。

血が噴く。

刀を落としたかの武士は、血にまみれた股間を押さえ、目を白黒させて倒れる。

椎の枝葉が揺らぐ。

筋骨隆々たる大男と土佐馬にまたがった髪の短い少女が現れたーー。

（昨日の人……）

男は、三つ目の金礫を出し、いま一人の侍を睨む。

「何奴《なにやつ》！」

眉に傷がある侍はすかさず抜刀、男に躍りかかる。

ーー。

男が投げた高速の金礫が、胸に当り、侍の体は胃液をまき散らしながら数間《すうけん》ぶっ飛び、楠の硬い幹に思い切り打ちつけられて、動かなくなった。

「大丈夫か？」

男が末吉に歩み寄ってきた。

末吉は、夢中でうなずく。

「末吉だよな？　昨日会ったろ。俺は獅子若だ。馬に乗って、待ってろ」

凍《い》てついた一瞥《いちべつ》が顎と股間から血を流して昏倒《こんとう》している武士に浴びせられた。氷が燃えたような眼色だった。

「もう少しこいつを可愛《かわい》がらねえと、気が済まねえ」

獅子若は、拳をぽきぽき鳴らしながら昏倒した侍に近づく。

「ぼさっとしてないで」

少女が、馬上から声をかける。

「早く馬に乗って」

「わい……馬に乗れん」

その少女、姫夜叉は、さっと小さな馬から飛び下りた。琥珀《こはく》と栗《くり》と乳が縞《しま》をつくったような、美しい子安貝《こやすがい》を出して末吉にわたす。

「あげる。お守りだよ」

「………」

「あたいが手本を見せるから、その通りにやって。あたいの後ろに乗って。この馬は土佐ひじき。ひじきみたいな鬣をしてるでしょ。——いい？　あんたが、この馬を敵だと思ったり、嫌な馬だと思ったりしたら、土佐ひじきは暴れたりする！　気持ちよく乗せてくれない。だけど、あんたが土佐ひじきを友達と思い、いい奴だと感じたら、あんたの言うことを聞く。やってみて」

姫夜叉はこつをおしえるようにゆっくり馬に跨《またが》っている。

恐る恐る土佐馬に近づいた末吉は、乗ろうとする。が、土佐ひじきが動くのでうまく、跨れない。

その間、獅子若は——昏倒した武士に馬乗りになり顔面を殴りつけていた。

その顔には歪んだ笑みが浮かんでいる。硬い拳が面貌にめり込み、肉を俎板《まないた》に強く打ちつけるような音が辺りに響く。拳は既に赤く染まっていた。

「獅子若！　それ以上、やったら、その人死ぬ。止《や》めてっ」

姫夜叉が、叫ぶ。

振り上げた拳を止めた獅子若は——血だらけの武士の顔に唾を吐きかけて、立つ。

馬に乗ろうと悪戦苦闘していた末吉は、助けてくれた獅子若の胸中に、鬼に似た何かをみとめ、胸がざわつくのを抑えられないのだった。

と、樹にぶつかって気絶していた侍が、刀をつかみ獅子若を襲おうとした。

一瞬で気づいた獅子若は金礫を拳にぶつけ、鉄刀は地に落ちた。素早く動き——腹を蹴った。

侍は、土佐ミズキの枝葉をぶち抜いて崖を転がり、萩の花咲く小沼大夫の裏庭に突っ込んだ。

「何じゃ、何じゃ」

警固をしていた武士が二人、駆けてくる——。

「まずい」

舌打ちした獅子若は急いで末吉に駆け寄り、馬に乗るのを手伝う。

「——狼藉者《ろうぜきもの》じゃ！　賊じゃ。出合え、出合えっ——！」

殺伐たる騒ぎが、屋敷を震動させた。

「早く逃げるぞ」

獅子若が土佐ひじきの尻を叩く。

常緑樹がつくる青く鬱閉《うっぺい》した壁に、小さき馬はわけ入る。

姫夜叉が手綱《たづな》をにぎり、末吉はその背にしがみつく。

獅子若は傍らを鬼神の速度で伴走していた。

弓矢や刀、槍で武装した侍衆が、後ろから追ってくる気配があった。

「何？　昨日のはぐれ馬借が、我が手の者二人を打擲《ちょうちゃく》、末吉をさらって逃げたとな！

許せぬ、追え、追えぇ！　太郎と次郎、この屋敷を守る侍の半分、三郎丸率いる馬方どもを率い、はぐれ馬借どもを追え。奴らは、ただの盗賊にして、人さらい！　人々の安寧を乱す者じゃ。容赦なく討ち果たせ」

　裏山で起った事件はすぐに小沼大夫に告げられた。

　冷静な次郎は、

「父上。飛んで火に入る夏の虫とはこのことです。これで、我らがはぐれ馬借どもを討滅し、件《くだん》の過書《かしょ》を奪っても、何ら咎《とが》めはありますまい」

「うむ。じゃが……相当、素早く、印地《いんじ》の腕も確かなようじゃ。ゆめゆめ油断するな」

　太郎が、太い腕をさすりながら立つ。

「弓矢の太郎と、策の次郎。我ら兄弟が追う以上、天狗《てんぐ》でもない限り、広き杣山から逃れ出ること叶《かな》いませぬ。……叔父上《おじうえ》、さあ参りましょう」

「……うむ」

　山の地形を誰よりも知る男、兼光もまた心ならずとも追手にくわわった。


　椎を中心とする樹々がうねっている。

　カクレミノやリンボクといった、青白い細幹をひょろひょろさせた低い木が、獅子若や土佐ひじきを邪魔立てする。

獅子若は腕で、土佐ひじきは前脚で、邪魔する木々を薙《な》ぎ払う。

（土佐ひじき……凄《すげ》え馬だ！）

獅子若は初めて土佐ひじきの真価を見た気がした。

土佐ひじきは樹木が乱立する土佐の密林をまるで草原を疾駆するように軽妙な足取りですすんでゆく――。

次々に行く手に現れ当方を厳《いか》めしく睨んでくる椎、楠、椋を、左に右にさっと体を動かし、巧みにかわしていた。

意地悪な倒木や木蔓《つる》が転ばせようと企《たくら》むも、軽々と飛び越え、決して倒れぬ。

（春風や鯨も勘が鋭い馬だ。だがよ……）

森の中で次々に行く手をふさぐ障害物を一瞬一瞬で処理し、あっという間にくぐり抜けて行くことなど、あの二頭にはできない。

気がつけば獅子若は、土佐ひじきのかなり後ろを走っていた。

「もう少しゆっくり走ろうか？」

姫夜叉が、前から案じてきた。

「必要ねえ！　必ず追いつくから、できるだけ速く行けっ」

と、獅子若は怒鳴るように返した。

矢が一本、獅子若のすぐ左にあった倒木に鋭い音と共に立つ。続けざまに次の矢が獅子若の右頬を掠め、前方の楠に刺さった。

――――。

追う侍どもが獅子若の大声を頼りに射てきたようだ。

獅子若は、懐中から金礫を一つ出す。

「先に行け！」

わざと姫夜叉たちとは別方向に走っている。

侍たちの足音は――獅子若にむかってきた。

（よし、いいぞ）

駆けながら獅子若は、礫でもって、飛距離に優れる弓矢にどう立ちむかうべきか考える。

金礫をつかうようになるまでは、普通の礫――すなわち、石を武器としてきた。礫は弓や刀を満足に購《あがな》えぬ、貧しい者の武器である。

獅子若は自分を追う十五人くらいの侍の闘気を感じていた。彼らは金礫よりも、遥《はる》かに強靱《きょうじん》な得物をたずさえているはず。

自分の印地は、対立する輩《やから》との喧嘩《けんか》の中で、研がれてきたものだが、侍の武術は鍛錬により練り上げられたものだ。そういう相手と礫で戦わねばならない。

また、矢が、勢いよく獅子若の頭上を掠める。

獅子若は歯嚙みする。

「おったぞ、あっちじゃぁ！」

武士どもが後ろでわめいている。

(糞垂《くそたれ》どもが、てめえらの矢は馬借をやっつけるために、あるのか？)

——何のための刀、何のための弓矢か。左様な憤りが、煮えたぎる汁となって、毛穴から出そうになった。

妖怪の臓物のようにボコボコしたキノコ、シダ、苔に覆われた真《まこと》に太い椎の倒木が行く手に転がっていた。

獅子若はそいつを跳び越えた。獅子若の草鞋《わらじ》は、ごろごろと転がった石どもを踏む。

(この樹だな)

表が緑、裏が茶色っぽい硬葉《こうよう》を沢山つけた巨大倒木の陰に、かがむ。枝葉や着生したシダが敵の目から隠してくれた。

整息し、金礫を構える。

弓矢を持った侍が六人、刀槍《とうそう》を携えた侍が十人、迫ってくる。

獅子若は、弓を引っ下げた大柄な武士の鼻を狙う。

(派手に血は出るが、命まで取りゃしねえだろう)

額に脂汗がにじんできた。

狙いをつけた男が、間合いに入る。

――力を込め、礫を放つ。

鉄の稲妻となって飛んだ金礫は一際図体が大きい侍の鼻を真っ赤に潰した。

「うわぁぁ」

引き裂くような叫びが、森をふるわす。

残る金礫は、五つ。獅子若は懐に手を伸ばさず足下から石を一つひろった。それは溶岩のかけらと思《おぼ》しき石で、足下のシダや葎《むぐら》の類に埋《うも》れるように、数え切れないほど散乱している。

「礫じゃ！」

「気をつけーや」

武士たちが呼びかけ合う。

鼻を潰された男は顔に手を当て、片膝をついていた。

その隣にいた小柄で敏捷《びんしょう》そうな侍が矢を放ってくる。

矢は、獅子若が盾とする硬いキノコが生えた倒木に突っ立った。

――石を放つ。

次も鼻を狙ったが……標的たる小男がさっと動いたため目に当った。

「ギャア……」

弓矢が葎に落ちる。血の涙を流した小男が地面に転がり、腰に下げた箙《えびら》が妙な形に潰れた。

「おのれ、八つ裂きにせねば気が済まぬ！」

声がした方を見ると、駆けつけた太郎がわめいていた。

怒気を炸裂《さくれつ》させた太郎は弓矢をすて腰から鎖で下げた長大な野太刀に手をかける。

刀を差すという場合、短めの打刀を刃を上向きに帯に差す。刀を佩《は》くという場合、打刀より長い太刀や野太刀を刃を下向きにして、鎖か紐《ひも》で腰から下げる。こちらの方が古風だ。室町のこの頃というのは刀を佩いている武士がまだ多いのである。

太郎が、抜く。

魔除《まよ》けの紋・黒い三つ巴《どもえ》が散らされた、濃灰色の上着に、亀甲《きっこう》模様が入った袴《はかま》をはいた太郎は、長い剣を大上段に振りかぶる。

「相手は礫だけぜよ！　怖れるなっ、この太郎につづけぇぃ」

太郎は、猛虎が如き怒気をまとい、大音声《だいおんじょう》で吠えながら突っ込んできた。他の武士たちもつづく。

獅子若は特にごつごつした石を二つ右手でつかみ、同時に投げた――。

が、太郎はさっと首を落として飛礫《ひれき》をかわすと雄叫《おたけ》びを上げて、剣を振り下ろす。

獅子若は素早く動いた。剣先が背を掠めるもそのまま転がる。

まわりには、嵐でひしゃげ、苔の床を葉でさすっている青竹があった。獅子若はそれを力任せにぶち折った。

折った箇所は、鋭い尖端《せんたん》になっている。その即席の竹槍を——太郎にむける。

「下郎《げろう》の分際で小癪《こしゃく》な」

追いついた太郎は薄ら笑いを浮かべた。自身の武芸への絶大な自信がこもった笑みだった。

「兄上。この男……なかなか手強いぞ。油断は禁物じゃ」

太郎より細身の剣をにぎった次郎が、兄の傍らに立つ。老いた武士が、言う。

「囲め、囲め」

囲ませまいと獅子若は太郎次郎を睨んだまま、後ずさった。

その時、急激な窪地《くぼち》に獅子若の片足がはまり、体勢が大きく崩れる。

機を逃さず太郎がすかさず驀進してきた。

辛くも踏ん張り、竹槍で突く。

「ふん!」

太郎の野太刀で竹槍の尖端が切り落とされる。かまわずもう一突きするが返す一閃《いっせん》で、
竹槍はさらに短くなった。

好機と見た太郎が一気に跳びかかろうとする。

獅子若は竹槍を引くと左手で懐の金礫をつかむ。

――ッ！

竹槍に気を取られていた太郎は金礫をまともに食らった。白目を剝《む》いて立ち尽くす。

「おりゃっ」

青い竹が――凪になった。駄目押しとばかりに獅子若は太郎の脳天を打ち据える。

太郎は、白い泡を噴きながら、気絶して倒れた。

「兄上！」

次郎が叫ぶ。

虚を衝いて突進した獅子若は竹槍で次郎の腿《もも》を突くが、次郎はさっとかわし、白刃を構える。

刀が閃《ひらめ》き、胸に浅手を負うが、もう一度突きかかる。

「ぐ――」

血が三筋、次郎の太腿を川になって流れた。

すかさず竹槍を引き抜いた獅子若は、恐ろしい膂力《りょりょく》でもってそれをぶんまわし、次郎のこめかみを叩く。

次郎もまたリンボクを折りながら倒れ、動けなくなった。

――敵中をうろたえや怒りが走った。

獅子若は相手の戦意を防遏《ぼうあつ》するためには、もっとも闘志をふくらませた奴を叩くことだと知っていた。

その時である。

鋭い気が、獅子若の左腕に当る。

――矢だ。

太く逞しい腕が深痛で、わななき出した。

目付きの鋭い細面の侍が、段重藤弓《だんしげとうゆみ》を構えていた。

そ奴が二の矢をつがえようとする。

竹槍を離した獅子若は、足下に転がっている丸石を右手で投げた。男の肩に、石が激しくぶつかった。

男は唾と呻《うめ》きを吐き出し、うずくまった。

出家した武士であろう。短槍《たんそう》を持った入道頭の侍が、咆哮《ほうこう》を上げながら、獅子若を突いてきた。

辛くも、かわす。

獅子若は、右手を懐に入れる。

（あと、四つ）

残り数をたしかめてから一つ取り出す。大喝しながら投げた。

黒い旋風となった金礫が男の鼻で血を噴火させる。

「馬借風情がっ」

男は叫ぶ。が、相手がひるんだと見た獅子若は、一気に駆け寄り、短槍をもぎ取り、腹を蹴りつけた。屈強なその武士は入道頭を蛸《たこ》のように真っ赤に染め、屈辱と痛みで面を歪め、シダの叢《くさむら》に転がった。

戦っている内に、敵の包囲網は完成していた。

（まずい……あと十人くれえか）

が、かなりの剛勇で知られた男であるらしい入道頭がやられた今、敵の士気は明らかに弱まっている。

左腕、胸から血を流した獅子若は厳しい目で、追手を見まわす。

若く気弱そうな侍が二人、ふるえながら太刀を構えていた。

（——あそこか）

短槍を持った獅子若だが、槍術の心得はない。太刀を構えた武士二人を突き伏せる自信は一かけらもなかった。

（はったりをかますしかねえか。それで奴らがおののいてくれりゃあこっちのもんだ）

——凶暴な眼火を灯し若侍どもを睨んだ。

相手は明らかに、たじろぐ。

「死にてえか？」

獅子若は不敵な笑みを浮かべた。

「そんなに俺を邪魔して、死に急ぎてぇかと言ってるんだよ！」

凄まじい吠え声を、叩きつけた。

二人の若侍は半歩後ずさる。

(今だ！)

獅子若は腹の底から、

「おわぁぁぁぁぁっ！」

凄まじい叫びを上げながら、短槍を前に出し、二人に突進している。

獅子若が放つ圧倒的な殺意が見えない巨獣となって若侍どもにかぶりついた。

「ひぃ」

悲鳴をもらしながら一人は大きく横に逃げ、もう一人は腰を抜かしたため——道が開けた。

獅子若はその間隙を走って、包囲の輪をくぐり抜けた。

「あ、何しゆうが！　追いぃ、追いぃ」

後ろで侍どもがわめく声がした。

幾股にもわかれた巨木がぶつかり合い、ひょろひょろした灌木《かんぼく》や篠竹《しのだけ》がたっぷりと茂った密林を、数町逃げると、迫りくる足音が消えている。

やっと振り切ったようだった。

＊

兄弟椋の下方は既に山がつくる大いなる陰の中にあって、上の方の梢《こずえ》にだけ血のような西日がかっと当っている。まるで目が細かい網をこの樹にかけたように、ふてぶてしい蔓《つる》を縦横無尽に伸ばす蔦が、幹のほとんどに絡まっていた。蔦は、陰に沈んだ処はがさつな雑物としか思えない。が、真っ赤な夕日に照らされた蔦《それ》は、得体の知れぬ生命力を感じさせた。

あれから佐保たち三人は、西の畑の傍で末吉が現れるのを首を長くして待っていたが、末吉はついに現れなかった。

そして今、山道を南下、兄弟椋までできた訳である。

「あの樹の裏手にほら、石段がございましょう。馬も注意深く行けば登れます」

「そうみたいね」

佐保はうなずいた。

赤い西日に照らされた昌雲は、横顔に深刻な憂いを漂わせていた。

(末吉に何かあったのではないか、そう案じているのだわ)

佐保は、思った。

昌雲が蛟竜から下りる。

と、重い荷物を背負った春風が昌雲をやさしく眺めながら大きな舌でその顔をべろべろ舐《な》めはじめた。鯨が傷だらけの青黒い体をふるわしヴハッと大きく息を吐く。

春風の唾で頰を濡らした昌雲は、

「おお春風、くすぐったい。何やろ」

「きっと春風は……」

佐保は褐色の大いなる牝馬《ひんば》の体、そして黒い鬣をくすぐるように撫《な》でた。

「昌雲さんが落ち込んでいると知って、慰めようとしているんだわ。……そういう馬なの。鯨がね……」

佐保は鯨に手を伸ばす。

「鯨が、怒りと悲しみに我を忘れていた時、春風が立ち直らせてくれたの」

人間への警戒心が強い鯨は佐保にふれられて、一瞬、顔を遠ざけるような仕草をした。

しかし昌雲をべろべろ舐める春風に触発されたのか、少しだけ佐保に面をすり寄せた。

「性根が温かい、ええ馬なんやな」

昌雲が言った。

「ええ」

佐保は長い髪を掻き上げながらうなずいた。

やつれ切った昌雲は、深く溜息《ためいき》をつく。

「何で人は、この馬よりずっと賢いのに……他の者の痛みに、気づかれへん？」

佐保は悲しげな瞳を伏せがちにしてうつむく。

「……末吉さんなら、きっと大丈夫よ。あの二人が何かをつかんでくるはず」

「せやな。このえらい広い四国の何処《どこ》におるかわからんかった末吉に、はぐれ馬借衆のおかげで昨日《きんのう》会えたんや。これは、えらいことやっしょ」

「そうよ。末吉さんを取り返すためにできることは、全部するわ」

十阿弥は馬たちを石段につれて行く。

石段が思いの他、高くまでつづいているのを見た佐保は、

「ねえ、蛟竜はともかく、荷を背負った三頭は登らせない方がいいんじゃない？　木立に入った所で十阿弥が見ていて、わたしと昌雲さんで上に行くのは？」

「いやいや、大変ですが馬も登らせましょう」

十阿弥は、意見した。

「この山道……小沼大夫の手の者がさかんに往来するはず。我らは急ぎ安芸に出立《しゅったつ》し

たはずなのに、まだここにいると知れれば怪しまれます。ここを登れば人目につきにくい。それに――獅子若、姫夜叉が、連中に追われる事態も考えられる。その時にばらばらでは咄嗟《とっさ》に動けますまい。こういう時は変にはぐれぬ方がいいのです」

「もっともな意見だわ。よし！　みんな、気をつけて登るのよ」

佐保に声をかけられた馬たちは、軽い嘶《いなな》きで応じた。

古いその石段は、ふかふかの苔と、丸く小さな葉をつける草にびっしり覆われていた。その丸葉は石段の半分くらいの面積を埋め尽くし、石から生じた青い鱗《うろこ》のように見えた。マメヅタだ。

苔の上着、マメヅタの袴をはいた石段を、まず昌雲と蛟竜が登る。次に重い荷を背負う春風を気づかいつつ佐保が、最後尾を他二頭に十阿弥が寄り添い、つづく。

三日月は糞を落としながら、初めの一段に足をかける。

頭上ではねぐらにむかうカラスどもが鳴いている。

特に事故はなく、みんな上まで行けた。

そこには、苔やマメヅタをかぶった地蔵が何体も並んでいた。崩れかけた五輪塔などもある広場で、高い樹々に囲まれていた。

一際大きい栗の樹がある。

沢山の毬栗《いがぐり》が梢にぶら下がっていて、地蔵や五輪塔の脇にも刺々《とげとげ》しい実がいくつも落ちていた。

青い毬栗と茶色い毬栗が半々くらいで、青くギザギザした葉は何処か力なく今少しで黄葉が始まりそうであった。その栗に葛《くず》の蔓が巻きついている。

目ざとく見つけた春風は、巧みに毬栗をよけ、荷を背負ったまま、歩み寄るや葛を食べはじめた。

春風は葛が好物なのだ。

他の馬も春風にならって、葛や笹を食《は》みはじめる。

と——警戒心が一際強い鯨が片耳をくるりとまわし、首を上げるや、藪の一点を睨んだ。

ガサガサという小音がする。

春風、三日月も喰うのを止める。

佐保たちの相好にも緊張が走っている——。

十阿弥が、小ぶりな金礫を三つほどにぎった。

「…………」

茂みを掻き分け、まず獅子若がぬっと出る。左腕には赤く濡れた晒《さらし》を巻いていた。

つづいて姫夜叉、末吉が、土佐ひじきに乗って現れた。

「あぁっ」

昌雲が末吉に駆け寄る。その眼は燃えるように輝き、唇は小刻みにふるえていた。

父親をみとめた末吉は矢も楯《たて》もたまらぬという様子で馬から飛び降りた。転がるように走ると無言で昌雲の胸に飛び込んだ。二人の頬を、涙が流れていた。

「侍に……侍に殺されかけた。もう少しで斬られるゆう処をこの人が助けてくれた！」

末吉が、夢中になって叫んだ。

「そうか、えらい恐ろしかったなぁ。獅子若さん、倅《せがれ》助けてくれて、おおきに。おまはん時折悪ぶっとるが、温《ぬく》い、ほんまに温いお人やな」

末吉は涙でくぐもった声で、

「これでよう紀州に帰《い》ぬるんやな、向うでお母《か》はん待っとるんやろ」

「…………」

「お父はん？」

昌雲が重い口を開く。

「昨日言えんかったんやが、お母はん、おまんがおらんようになってから重い病になってな……」

眼を大きく開いた末吉が昌雲をあおぐ。

「……もう、村におらん」

末吉は閉じた目からぽろぽろ涙をこぼし、大きくふるえはじめた。

青ざめた佐保は、傷ついた獅子若に近づく。

「獅子若……危ない目に遭ったのね」

姫夜叉は下馬しつつ、獅子若を見る。

「とにかく……凄《すご》い印地だったよ」

獅子若と仲が悪い姫夜叉だが今回ばかりはみとめたような言い方である。

姫夜叉たちと獅子若は一度はぐれたが、その後、合流したという。

十阿弥は、瓢箪《ひょうたん》を出し、

「すぐ手当せぬとまずいな」

さっき清流で汲《く》んだ水で獅子若の傷を洗った。佐保はそれを心配そうに見守っている。

「……毒など塗られていないかしら？」

十阿弥は獅子若の傷に鼻を近づける。

「その心配は、ないようじゃが」

「大丈夫だ。泣きそうな面ぁするな」

痛みを隠すように、明るく強く言う獅子若だった。

鯨が、獅子若に歩み寄る。

人間によって執拗《しつよう》に傷をきざまれた、黒い山のような大馬は手傷を負った獅子若を黙視していた。

獅子若は鯨にむかって、でかい顔を顰める。

「ごろつきみてえな侍に、少し痛めつけられたわ」

鯨はおもむろに顔を近づけ獅子若の横面を舐めはじめた。

佐保は、心底獅子若を案じている鯨の気持ちを感じた。

心なしか唇をほころばせた獅子若は、

「――それよりあんまりここに長居できねえぞ。連中が、追ってくる」

佐保は、面差しを引きしめる。

獅子若は新しい晒が巻かれた肩を右手で叩く。

「ありがとな。で――どう逃げるよ？」

「うむ……」

深い迷いが十阿弥の思案顔で渦巻いている。

「道は行けまい」

「当然だな」

獅子若が、同意する。

小沼大夫の屋敷には――駒がいる。合戦が起きれば軍馬としてはたらく俊足の牡馬《ぼば》どもだ。さらに、小沼大夫直属の馬方たちもいる。

騎馬武者、馬方が山道をひた走ってくるのは、想像に難くない。

「林内を行かざるを得ぬ訳じゃが……」

「問題は、何処まで山中を行くかよね」

佐保は唇を嚙んだ。

山林内で道に迷う怖れもあるし、思わぬ事故に馬が見舞われる危険も高い。熊や狼に遭遇する怖れもある。また、安芸の町にも早く荷を届けねばならない。なるべく早く、街道に復帰したい訳である。

佐保は思い出した。

「この杣山の南は……馬路《うまじ》の杣山。代官はたしか……」

「畑山様です」

佐保の意を察した十阿弥は、

「ただ畑山様が敵か味方か判然としませぬ」

畑山という代官は——小沼大夫の謂《い》わば同僚である。その男が、果たしてはぐれ馬借衆の味方になってくれるか、小沼大夫側にまわるか、どうにも見えない。

「そういう場合は……最悪を考えた方がいいと思うよ。あたいは、そうやって、生きてきた」

冷めた声は、姫夜叉から出た。

土佐ひじきがくしゃみする。

「土佐ひじきを先頭にすれば、きっと正しい方に導いてくれるよ」

「現に、ここまでつれてきてくれた訳だしな」

左腕が痛むのか、獅子若の右手が晒に添えられた。

「だとしたら、杣山を抜け切るまで、ずっと森の中を行かないと」

佐保が呟くと皆口を閉ざしている。

東土佐の杣山は極めて雄大だからである。それでも、行く他はないのであった。

獅子若たちは陽《ひ》がある内は少しでも動こうと南に移動を始めた。

陸

太郎は武士どもを率い獅子若一党を追っていた。蘇生《そせい》した彼は深手を負った弟を屋敷にもどすと、そこから駿馬《しゅんめ》に跨《またが》ってきたのだ。弓矢を携えた侍どもを引きつれた太郎は夕闇色濃くなってきた山道を馬で疾駆する。

二本の大きな椋《むく》――兄弟椋が、近づいてきた。

旅の行商らしい三人の男を追い抜く。

一応そ奴《やつ》らの面相をあらためる。

不敵な面構えであるが、獅子若たちではなかった。

太郎は先に急ぐ。

と、

「太郎様！」

小沼大夫がつかっている馬方、三郎丸たちが前方から土煙を立てて馬を走らせてきた。

「どうじゃった？」

三郎丸は頭《かぶり》を振る。

「いかんちゃ。馬路の方まで馬で走ったぜよ。……奴らの姿を見た者はおらんねゃ」

短気な太郎は、頬をぴくぴくふるわせている。

「ということは……山に逃げおったか！　はぐれ馬借《ばしゃく》どもめっ、すばしっこい奴らよ。特にあの獅子若という男が許せぬ！」

はぐれ馬借、獅子若という言葉を聞いた行商どもが、後ろではたと足を止めた。

と、三郎丸が、下馬し、

「お、これは……」

道端にしゃがみこむ。

「いかがした？」

三郎丸は、顎に手を当てる。

「馬糞《まぐそ》じゃね。稗殻《ひえがら》が入っちゅう」

「………」

「今日、大夫様の御屋敷で馬どもに振る舞われたのは稗殻じゃったにゃぁ。はぐれ馬借どもの馬も同じものを食べたはず」

「――連中の馬の糞ということか？」

強い興味が、太郎を馬から下ろした。

「太郎様……この馬の糞、馬が道を歩みよった時に落としたにしちゃ、随分端にかたよっちゅう。何かこう、この石段を馬が登ろうとする時に糞をひり落とした。……そういう糞のようぜよ」

さすが馬方、やけに冴《さ》えた推理を光らせる三郎丸であった。

「ということは、連中はここから山に入ったのかな？」

「この先の山道に姿が見えん以上、そうとしか……。それに路上では太郎様のごっつい刀に奴らは歯が立たん。けんど林に入れば――」

「奴らは礫《つぶて》で味方を潰した」

太郎は三人の行商が固唾《かたず》を呑《の》んで聞き入っているのがわかったが、気にせず話した。

「印地《いんじ》で我らに抗《あらが》えると踏んだか。よし、皆の者、ここから林に入る！　山狩りじゃ。山狩り」

太郎が手下をつれ石段を登ろうとした時である。

「もし。お侍様」

行商の一人が声をかけてきた。

太郎は、その声に、驚く。

「その方、女人か？」

編笠《あみがさ》を深くかぶり、面《おもて》が薄い陰になった男装の女は、

「はい。今、獅子若という印地打ちの話をされましたね？」

「何か知っておるのか？」

「獅子若は我らが恩人の片目を潰した凶賊の張本《ちょうほん》。四国に現れたと聞き、さがしている処《ところ》なのでございます」

青い黄昏《たそがれ》の山道に立つ女は、太郎相手に些《いささ》かも尻込みせず答えた。見れば三十歳ほどのなかなか艶がある女である。

「そなた、名は？」

「伊予の弁天と申します。……しがない麴《こうじ》売りにございます」

太郎に話しかけた女は——伊予の血の池弁天その人だった。四国の盗賊たちは、猿《まし》ノ蔵人《くらんど》のおかげで一儲《ひともう》けできた謝恩、さらに今までの恩義への返礼という意味もあり、獅子若を追うべく土佐に入ったのである。彼らは行商、山伏《やまぶし》、聖《ひじり》、遍歴の鍛冶《かじ》屋、乞食など様々な変装をほどこして土佐入り。塞《さい》の神、ドウロク神などに隠された暗号を頼りに驚くほど正確に獅子若を追尾していた。

太郎は弁天を名乗る女から獅子若を狙う命知らずが他に何人もいること、謝礼さえもらえればいくらでもはたらく旨を聞いた。

杣山《そまやま》は、広い。

猫の手もかりたかった。

だが、強面《こわもて》の武士たる自分相手に少しも動じずに話す、不敵な三人組は……この者どもと関《かかわ》って大丈夫かという、不穏な積乱雲を、太郎の胸にむらむらと掻《か》き起した。

が、獅子若一味を何としても討ち、奴らが持つ過書《かしょ》を奪わねばという思いが、最終的には勝った。

太郎は麴売りを名乗る女とその徒党の助力をあおいだ。


いつの間にか、漆黒の夜闇が青い黄昏の山気を、押しやっていた。

弁天は狼煙《のろし》を上げるか火矢を射るかしたいと言うので、太郎は弓を貸してやった。

太郎と家来たち、三人の行商は、少し前に獅子若たちがいた広場に立っていた。

地蔵や五輪塔は既に夜に溶け出し、曖昧模糊《もこ》としている。

弁天が赤く燃える一筋の矢を星空の只中《ただなか》へ放つ。

「これでおっつき、仲間が参りましょう」

女は妖しく微笑《ほほえ》んだ。

二刻後《とき》（約四時間）――。

件《くだん》の広場に松明《たいまつ》が焚《た》かれている。

揺らぐ炎は、不敵な面構えの者たちを照らしていた。

猿ノ蔵人、血の池弁天、鷲五郎、突破法師。その子分二十名。頭目たちは手下の半数は国に帰し、残り半分を引きつれ獅子若退治に乗り出してきたのである。

太郎と十人の武士。三郎丸と馬方四人。

計四十人がはぐれ馬借衆と昌雲親子を追うべく、面を突き合わせていた。

太郎は、思う。

(弁天とその仲間ども……どうも胡散臭《うさんくさ》い奴らよ)

行商もいれば、博打《ばくち》打ちもいる。僧もいれば、山伏もいる。乞食もいれば、歌占い師もいる。旅の鍛冶師もいれば、放下師《ほうかし》もいるという具合で、どうにも統一感がない。年齢も職能もばらばらのこ奴らにただ一つ共通項を求めるとすれば、それは双眸《そうぼう》にたたえた不穏さ、不敵さ、凶の気であろう。

どうも獅子若退治のために、とんでもない連中を引き寄せてしまった気がする太郎なのだった。

(ああ、今、次郎がおればなあ……。次郎ならこいつらをうまくつかえるかもしれんのに……。まあ、よい。もしもの場合は……屋敷に招いて、騙《だま》し討ちにすれば済むことよ……)

その時、あの女——弁天の冷やかな視線に気づいた。こちらの思惑を見極めようとしているような、不気味な洞察力が籠った目であった。

「さて皆の衆、よくぞ集まってくれた。安芸摂津守様が家臣、山林代官・小沼大夫が嫡男、太郎じゃ」

賊と侍衆は一言も発さず話を聞く。

「そなたらにたのみたいのは、はぐれ馬借衆の追跡とその退治である。奴らはとんでもない悪党ぜよ！　我が父の下人、末吉を略取した。この末吉の父親も一味じゃ。それを止めようとした我が手の者七人は、一味の獅子若なる者に深手を負わされた。その中にはわしの弟もおる。わしの弟は獅子若に太腿《ふともも》を貫かれた。出血が激しく……死の瀬戸際をさ迷っておる！」

猿ノ蔵人が片方しかない眼《まなこ》を固く閉ざした。

「我らははぐれ馬借どもを饗応《きようおう》、食事を出し、さらに馬の餌までやったのじゃ。――人の道を外れた外道《げどう》とは奴らのことよっ。当家の名誉のためにも断じて許す訳にいかぬ。はぐれ馬借一党は、斬らねばならぬ！　だが彼奴《きやつ》らが逃げ込んだ杣山は広い。そこでお主らの手をかりたい。特に悪逆な獅子若の首を獲《と》ってきた者には、三百疋《びき》の恩賞をつかわすっ」

「三百疋とな」

「おぉ」

匪賊《ひぞく》どもの口からもれた囁《ささや》き声には、黒色《こくしょく》の熱が籠っていた。

「他のはぐれ馬借と末吉の父を討ったら七十疋」

太郎は、鬼のように厳しい顔で蔵人たちを睨《にら》みつけ、

「ただし、気をつけよ！　連中の荷物は、壊したり、傷つけたり、着服してはならぬ！　特に安芸家に送る諸道具に、手をつけるな。これは我らで丁重に預かり、安芸の町へ届けようと思っておる」

三郎丸が首肯している。

太郎は、つづける。

「また、はぐれ馬借は――九郎判官様からいただいた、古い過書を持っておる。この過書も染み一つつけず回収せよ。安芸家の荷とこの過書が消失したり、壊れたり、破けたりした場合、その不届き者は腕一本斬り落とす！　わかったか？」

蔵人が、立つ。

「――承りました。野郎ども、願ってもねえ話じゃねえか！」

賊どもは、

「なかなか」

「おうよ」

その時であった。

広場を囲むカクレミノの藪《やぶ》が揺らぎ、影が一つ、出てきた。

総員、恐ろしい形相でそちらを睨む。

「俺だよ。隼《はやぶさ》」

少年の影が、言った。

「総集めの火矢を見たんで、飛んできた」

はぐれ馬借衆をずっと追尾し、常にその所在を暗号でつたえつづけた少年の口から、最新の所在が告げられる。

――ここから一里南の山中で野営しているという。

太郎は、笑む。

「願ってもない好機じゃ。急ぎその場所に動き、夜討ちをかけるぞ！」

動き出した賊ども、侍たち、馬方たちの筋骨で、猛気が躍動している。

かくして、太郎一党と蔵人率いる盗賊は、獅子若らが休む野営地に急速度で馳《は》せむかった――。


ウバメガシやモチの樹《き》、榕《あこう》が深い闇の中で眠っていた。とても針葉樹とは思えぬ広い葉をつけるナギや、ヤシの仲間、ビロウが茂っていた。

粘菌が煮詰まった夜霧が、まったりと、落葉と苔《こけ》がつもった林床を横に這《は》っていた。

先刻の広場から一里南。

獅子若たちはモチの大樹に馬をつなぎ、荷は落葉の上に置き、そこに寄りかかるようにして休んでいた。

十阿弥《じゅうあみ》が一人不寝番をしている。

「眠れませんかな？」

佐保に、訊《たず》ねた。

ややあってから、

「ええ。何でもお見通しね」

それこそ赤子《あかご》の頃から佐保を知る十阿弥。僅かな変化も、見逃さぬのである。

鯨も寝つけぬらしく、ぱたぱたと尾を動かす音がつづいていた。獅子若と姫夜叉は大《おお》鼾《いびき》をかき、昌雲親子も再会の喜びに安心したのかぐっすり眠っているようだった。

佐保は、囁く。

「一つ訊《き》いていい？」

「どうぞ」

コウモリがパタパタ頭上を飛んで行く。その下で、佐保は、皆を起さぬよう静かに言った。

「この処、命の危険があるような仕事がつづいているわ」

「そうですな」

佐保の父である、はぐれ馬借衆前頭《さきのおかしら》は、先月、さる仕事の途中で斃《たお》れていた。筑《ちく》前尉《ぜんのじょう》という腹心も命を落とした。

二人の死は佐保の心の大きな傷となっていた。その傷は、何か危ういことがあれば疼《うず》き出し、かけがえのない仲間の誰かがいなくなってしまうのではないかという心配をふくらますのだった。

「十阿弥が入った頃から……危ない仕事は多かった？」

「今よりは少なかったでしょう」

十阿弥は、心持ち首をかしげている。

「ですが、荷を狙い何者かが襲ってきて、命の危険にさらされたことはありました」

「だけど今よりは危うくなかった？」

「世の中が、そうだったのでしょうな」

十阿弥はぽつりと言う。

「世が乱れれば、我らの行く道も当然危うくなる。それははぐれ馬借ではなく、どんな商人《あきゅうど》、馬方、船頭もそうでしょう。考えてみて下さい。皆が貧しくなれば盗人《ぬすびと》も多くなる。もっと貧しくなれば、その盗人は徒党をくみ、山賊や盗賊の群れを成します。安心して旅ができなくなる訳です」

夜霧が、佐保の髪を嬲《なぶ》る。

「今の世は乱れつつある？」

「関西《にし》と関東《ひがし》の間に、戦《いくさ》が起る気配が」

「伊勢では、宮方が乱を起したようね」

南北朝合体後のかつての吉野方《よしのがた》、後南朝《ごなんちょう》勢力のことだ。

十阿弥は言った。

「それだけではありませぬ。大名とか一握りの土倉《どそう》とか、一部の富める者たちが全てを動かしていて……貧しく無力な者たちは不満を蓄えております。この不満が諸国のいろいろな所で膿《うみ》や爛《ただ》れとなって吹き、今にも暴れ出しそうになっているのです」

佐保もまた——諸国の民たちが蓄えた怒りや不満が、一つの巨大な獣となり暴れ出しそうになっている気配を、ひしひしと感じていた。

（このままでは、どんな世の中になるのだろう？　大きな乱や、手がつけられない混乱が起きなければいいけど）

「決して、佐保様や獅子若が変なものを引き寄せているとか、そういうことではありませぬ。ただ……世の中自体が大きく軋《きし》みはじめているゆえ、いろいろな悪いものが我らの行く手に立ちふさがるのでしょう」

「そうかもしれないわね」

佐保は首を縦に振っている。

「とにかくわたしたちに出来ることは……預かった荷を、あらゆる危難をくぐり抜けて、しっかり届けること。悪い荷は預からない」

眠りこけている末吉に視線を流し、

「……この荷を届けられてよかった、そう胸を張って人にも馬にも言える荷を、ちゃんと預かって、傷もなく届ける。それを邪魔立てしようとする者がいても――」

「おっしゃる通りです。雄熊大夫《おくまだゆう》の家で、はぐれ馬借の何たるかを我らに思い出させて下さった。困った時、大きく迷った時、我らはそこに立ち返るべきでしょう」

と、
夜霧がたゆたう森の底で、十阿弥は欠けた歯を見せながら笑んだようだった。

「――――」

佐保がはっと身を起す。

鯨の様子が、変だ。

北の方を睨み、両前脚でさかんに土を蹴り出した。

鯨の変化に気づき春風も起きたらしい。ぶるっと、大きい体をふるわしている。

鯨は――力が他の馬よりも強いが、警戒心の鋭さでも並外れていた。

(追手かしら？)

唇を嚙みしめた佐保と、面を引きしめた十阿弥が、うなずき合う。

佐保は鼾《か》をかく大男と少女に、囁いた。

「起きて。二人とも」

十阿弥は昌雲親子を起している。

獅子若が瞼《まぶた》をこすりながら、

「……どうしたよ？」

小声を発した。

「鯨の様子がおかしい。追手かも」

押し殺した声で、つたえる。

さっと動いた獅子若の周りで——夜気が跳ねた。

闇の中を動く熊のように、身をかがめた獅子若は鯨に近づく。

姫夜叉もあくびをしながら立った。

荷に手をかけた獅子若は、囁く。

「佐保、さっきの要領で火を」

素早く動いた佐保は、火鉢に枯枝を入れ火を熾《おこ》した。

寝る前に獅子若は枝を支柱にして筵《むしろ》をかけ、その下に火鉢を置き一方向だけ低い火明りが照らす形にした。こうすることで光は四囲にもれにくくなり、焚火の跡も残らぬ。

――追手対策である。

佐保が熾した火が地面に置かれた荷物をぼんやり照らしている。

夜の森ゆえ、乗馬は控えた方がよい。五頭の馬に均等に荷を負わせる形にした。

はぐれ馬借衆は、荷物を手早く、五頭に背負わせる。昌雲、末吉は心配そうに見守っていた。

鼻息を荒げ暴れそうになる鯨をなだめつつ、荷をつもうとした獅子若が手を止めた。

「………」

獅子若がさっき奪った短槍《たんそう》を取る。

十阿弥も鋭気をまといながら小さな金礫をにぎる。

獅子若が、言った。

「十阿弥。前をたのむ。俺が後方《けつ》を見るわ」

「うむ」

「佐保と姫夜叉。残りの荷をつんでくれ」

「わかったわ」

獅子若は――得体の知れぬ複数の妖気が霧に混じって自分たちを包囲しつつあるのを、感じていた。

殺伐とした過去が、獅子若に、森にじわじわ張り詰めだした暴力の予感を嗅ぎ取らせたのだ。

眉根を寄せた獅子若は森の一点を厳しく見据える。漠然とした妖気が、人影になり、樹から樹へつたう形で動いている気がした。

(――投げてみるか)

短槍を持ち替え、右手で石をひろう。

妖気が発せられている辺りに投げる――。

何者かが林床に崩れる音がした。

「囲もうとしてやがる。早くつめっ」

獅子若が、佐保たちを叱咤《しった》する。

「今終った」

佐保が返した。

「よし、行こう」

獅子若が南を指した瞬間、十阿弥がさっき獅子若が印地打ちしたとは逆方向に、金礫を投げる――。

小さな鋭気がいくつも闇を飛んで行く。

「痛っ」

林内を潜行していた敵に、金礫が命中したようだ。

「気づかれたぞぉ！」

敵が叫ぶ。

「ええい、致し方ない、射かけぇ！　射かけぇ！」

完全に包囲する中途で獅子若、十阿弥に気づかれ計画を砕かれた敵は、声高に呼びかけ合い、攻撃を指示している。

荷を背負った土佐ひじき、引き手綱《たづな》を持つ十阿弥を先頭に、はぐれ馬借衆と昌雲親子は走る。最後尾を重い荷を背負った鯨と獅子若が行く。

――矢が襲いきた。

獅子若のすぐ上を飛んで行ったそれはウバメガシの葉群《はむら》に消えた。

敵が放った金礫が、鯨に当る。

鯨が怒りの嘶《いなな》きを発する。

(金礫だと？)

飛礫は――武士がつかわぬ庶民の攻撃法である。小沼大夫の追手に侍以外の者――あぶれ者が多くくわわったことを獅子若は直覚した。

右方、走りながら弓矢を構えている侍が樹と樹のあわいから差し込んだ月明りに照らされた。

そいつの弓は佐保を狙っているようだった。

(させるか!)

激しい憤怒《ふんぬ》が、獅子若の胸に嚙みつく。

気がつくとあと三つしかない金礫の一つを構えていた。

顎を、狙い、投げる。

黒い稲妻のように樹間を飛んだ金礫は、男の顎を破砕した。侍はくぐもった声を上げてぶっ倒れる。

(よし)

同瞬間、恐ろしい殺意が、ごつごつした塊となり、熱い唸《うな》りを上げて突っ込んでくるのを感じた——。

身をかがめる。

すぐ頭上を豪速で過ぎたそれは、鯨がはこぶ葛籠《つづら》にぶつかり、林床に転がる。

自分を狙った物体が夜の地上に転がる。

獅子若は、瞠目《どうもく》した。

(石……野面積《のづらづみ》できそうな……)

獅子若は左様な大礫を高速で印地打ちする男を一人だけ知っている。

(だが、あいつは近江の無頼。ここにいるはずが——)

かく思いかけた獅子若だが……自分もまた近江を出、ここにいるではないか。

「獅子若か！」

その声は右方の闇から、獅子若に叩《たた》きつけられる。

「――猿ノ蔵人かっ。穴太《あのう》の出で、東坂本で印地組を率いていたあの？」

「穴太……東坂本……懐かしい響きよ」

闇の中、蔵人が応えた。怨《うら》みを煮詰めた声であった。

「うぬに片目を潰され、我が印地組は四散……わしは町を離れた。近江近国にいる訳にはいかなかった。貴様の如《ごと》き若僧に負けた男という目で見られるゆえ。わしは、四国に流れついた」

「…………」

「だが、海を渡っても、あの屈辱の日をわしは片時も忘れなかった。いつか、江州にもどりお前を殺すために、この四国で印地の腕を磨き、仲間をふやしてきた！」

暗い歓喜が蔵人の語気に籠る。

「お前の方からこちらに出向いてくれたっ。飛んで火に入る夏の虫とは、このことよ」

獅子若めがけて、でかい石が投げ込まれる。

獅子若は跳躍する。

すぐ下で、土が煙になって散った。

と、蔵人とは逆、左後方から、凄気が疾風となって突っ込んでくる。男が一人、銀髪を振り乱し、薙鎌《なぎがま》を翻し、迫ってきた。

獅子若は短槍を放すや蔵人が投げた巨石を両手で抱えた。左腕の痛みをこらえ、咆哮《ほうこう》と共に投擲《とうてき》した。

「義兄《あにい》の石が、おまはんに扱えるか！」

銀髪——竜王山の鷲五郎は、飛鳥の如く軽やかに体を動かし獅子若が投げた石をかわす。

（はしっこい野郎だ）

獅子若は両手で一つずつ小石をひろう。

薙鎌を大上段に振りかぶった鷲五郎めがけ、右手で放つ。

鷲五郎は薙鎌で払い——火花が散った。

獅子若は痛みを噛み殺しつつ左腕で投石した。

豪速で飛ぶ石は、重力に逆らう弧を描き、鷲五郎の顎を下から襲う。

「ぐわっ」

鷲五郎の口から——血がこぼれる。

短槍に手をかけると、ひるんだ鷲五郎に躍りかかった。

だが、鷲五郎も驚異的な立ち直りを見せた。頭を振ると薙鎌を持ち直し、獅子若の短槍をはね飛ばした。

（長柄《ながえ》の応酬《やりとり》じゃ、こいつにかなわねぇ）
鷲五郎が神速で鎌を動かし獅子若の首を掻こうとする。
後ろ跳びするも、夜風を裂きながら迫った殺意が、肩を掠る。
「死に！」
返す刃が獅子若の眉間に肉迫する。
その時であった。
荒々しい嘶きが、鷲五郎に叩きつけられる。
驚異の跳躍力で――荷を背負ったまま、獅子若を跳び越えた鯨が、鷲五郎を猛襲した。
圧倒的な黒い力が、鷲五郎にのしかかり、絶叫が夜空を掻き毟《むし》った。
（鯨っ！）
一撃で鷲五郎を屠《ほふ》るも鯨はなおも蹄《ひづめ》を打ち下ろそうとする。
「この化物馬め！」
敵の矢が、鯨の下腹を掠めた。
怒りの嘶きを上げた猛馬は、矢が射られた方に駆けた。
「やめろ！」
獅子若は痛む左腕で夢中に引き手綱を引く。
鯨は獅子若を引きずり、敵に立ちむかおうとする。

――鯨が放つ敵意は周りの大気を燃やしそうであった。

「やめろ、くるんだ、鯨っ」

必死に押さえながら獅子若は、思う。

（俺が殺《や》られかけ、怒りに火がついちまった！）

闇の中から敵が二人現れた。一人は白刃を振りかざした侍、もう一人は鎌をひらめかせた賊。

鯨は荒い息を吐き、極太の前脚で土を掻き出す。

（こいつに乗って一暴れするか）

そう思った。だがそのためには荷をすてる他ない。

（それは掟《おきて》に反する）

迫りくる現実と、はぐれ馬借の掟が、瞬目《しゅんぼく》の間にせめぎ合う。

獅子若は決めた。

鯨の背に手をかけ――荷を投げるようにすてはじめる。

「おい、てめえら、これは安芸の姫様に届ける荷だ！　傷物にでもしてみろ。首が、飛ぶぜ！」

「獅子若……何てことをっ」

佐保が叫んだ。

「こうする他ねえんだ」

短槍を持ち、鯨にまたがる。

敵が二人、すぐそこまできた。

「行くぞ鯨」

獅子若の足が鯨の横腹を押す。

大きく嘶いた鯨が、追手にむかって走り出す。

追手は、見たこともないような巨大馬に、騎乗している荒々しい大男を前に、明らかにたじろぐ。はっと立ち止り、四肢をすくませた。

傷だらけの大馬と一体化した巨漢の姿は、燃える火山の胆《きも》もかくやという凄味《すごみ》が籠っていた。

立ちすくむ敵に獅子若の咆哮、鯨の馬蹄音《ばていおん》が、叩きつけられる。

「ちっと……ま、待ちっ」

おびえる武士の頭を獅子若は短槍で打ち据え、昏倒《こんとう》させた。

賊の方は、鎌をすて逃げようとした。

鯨に跨った獅子若は阿修羅が如き猛気を漂わせ、

「遊んでくれよ」

追いつきざまに、そ奴の背を短槍でぶっ叩く。

賊はくぐもった叫びを上げて倒れる。

「もういい」

引き手綱を引き鯨を止めると佐保たちの方へすすめる。

追いつくと、佐保が、咎《とが》めるような表情で顧みた。

獅子若は無言のまま先を急ぐ。

一方、敵は——。

「何処《どこ》に逃げたが？」

「こちらの方じゃ！」

包囲の輪が仕上がる間際に、はぐれ馬借が逃げたため、追う敵の中にも混乱が生れている。


土佐ひじきは——先頭を迷いなく歩いていた。速歩である。

右手に豆状の金礫を十携えた十阿弥は、左手で土佐ひじきの引き手綱をにぎっていたが、進路はこの小さな馬にゆだねていた。土佐ひじきが背負う荷には紐《ひも》で、樫《かし》の棒が固定されている。さっきの野営地で武器としてひろったものだ。

夜霧が濃くなる。

土佐ひじきは、斜面を横に切る形で歩いていた。真《ま》っ直《す》ぐにすすんでいる訳ではなく、時折、右に降りたり、左に登ったりした。崖や進行できぬほど鬱閉《うっぺい》した藪をかわしているのかもしれない。

（わしが引っ張るより、こいつに引かれている方が確かか）

十阿弥が思った時、土佐ひじきが斜面を右に下りはじめた。

行く手に茂った大杉に妖気を感じる。

双眸を細めた。十阿弥は小さい金礫を五つ——妖気の凝集にむかって放った。

すると、樹上から、ひらりと影が飛び降りる。

「伏せよっ」

吠《ほ》えたとたん、頭上を複数の小さい風が勢いよく飛んだ。

鋭気が土佐ひじきの面や前脚に当り、悲鳴がこぼれた。

——金礫だ。

「おのれ！」

十阿弥は前方に立つ人影に投げた。

が、渾身《こんしん》の金礫を、しなやかな影に——かわされる。

「こっちじゃ、皆の衆！」

なまめかしい女の声が響いた。

（女子《おなご》とな）

同時に、小さい金礫が多数、猛襲、十阿弥の面貌や胸を打つ。

歯嚙みして苦悶《くもん》の呻《うめ》きを抑えた。

女は樹を盾にして、こちらを睨んでいるようだ。

女賊——すなわち、伊予の血の池弁天は、言った。

「はぐれ馬借衆。取引しよう」

冷たく乾いた声だった。

「取引？」

十阿弥は、問い返す。

「そう。お前たちは大切な過書を持っていると聞いた。それを、あたしにわたせ。さすれば、命まではとるまい」

「そんな取引——」

佐保が後ろで否定しそうになるのを十阿弥は手で制す。向うがこちらを罠《わな》にかけようとしているのを承知の上で、相手にしゃべらせ、その声によって正確な所在を見切ろうというのだ。

乳よりも濃い山霧が、十阿弥と血の池弁天のあわいを流れる。

闇と霧で、視界が全くふさがれた。

残る四つの金礫の感触を掌《てのひら》でたしかめながら、十阿弥は口を開く。

「過書は、今まさにわしの手中に在る」

「……………」

「何ゆえ、それを、そこまで欲せられるかおしえていただけぬか？」

両者の間の霧が一瞬薄らぐ。

「さあ、欲しているのは小沼大夫様ゆえ。侍どもなら、知っているかもしれぬが」

皮肉っぽい声と同時に、冷たい鞘音《さやおと》がした。

（――見切った）

十阿弥が、右曲りの弧を描く形で礫を放る。

霧が金礫を呑み――樹の向うから、呻き声が上がる。

痛撃を食らい思わず樹の庇護下から転がり出た血の池弁天は、

「おのれ……」

その声にむかって土佐ひじきに担わせていた樫の棒を取った十阿弥は躍動した。

――。

杖《つえ》は白刃を構えようとした女賊の肩を、疾風の速さで打ち据えた。

刀が手から落ち、血の池弁天は草中に倒れた。

息つく間もなく藪から猪《しし》に似た巨漢が、斧《おの》を振り上げ襲いかかる。

横振りされた斧をかがんでよけつつ棒で股間を突く。

両膝をついた男の顔面を、棒でぶちのめした。

「あっちから声がしたで!」

「あちらぜよ!」

阿波弁の声に、土佐弁の声が応じる。

(この距離なら逃げられる)

十阿弥は佐保たちに身振りする。

刹那、左右から馬蹄の音がした。

右から土佐馬に跨り鞭《むち》を振りまわす男、左からやはり土佐馬に騎乗し棍棒《こんぼう》を携えた男が、突進してくる。

三郎丸とその手下だ。

と、佐保、姫夜叉が石をひろい、奴らに投げつけた——。

佐保の石は外れるも、姫夜叉の石は三郎丸の面貌を痛撃。大きくひるませる。

十阿弥は棍棒を持った手下の方に突っ込み、

「すまぬな」

小さな土佐馬の足を人ごと、棒で打つ。

悲鳴を上げた駄馬は横倒れし手下は地面に叩きつけられる。

三郎丸が、立ち直ろうとする。

「われ、たいがいにせいよっ」

顔面を鮮血で染めた三郎丸が鞭を振り上げた。

その三郎丸めがけて黒く巨大な殺気の嵐が凄い勢いで突っ込んだ。

(獅子若、鯨!)

十阿弥がおののくほどの、燃えたぎる迫力を、獅子若と鯨は放っていた。

一瞬、凝固した三郎丸の体に、獅子若が手槍の柄を叩きつける。

「あっあ……」

憐《あわ》れな悲鳴が、大地に転げ落ち、小沼大夫の馬方頭《がしら》は、痙攣《けいれん》するばかりとなった。

骨を折ったようだ。

獅子若が馬上から低い声を浴びせる。

「――同じ稼業の者として言っておく。お前、荷を運ぶ相手、間違ってんじゃねえのか?」

包囲の輪を突き抜けた、はぐれ馬借衆は――夜霧の中に消えた。

さっきはぐれ馬借がいた野営地で篝火《かがりび》が憤激したように燃えている。

太郎は獅子若がすて置いた荷を回収し、駄馬につませた処であった。

「おのれ、はぐれ馬借どもめ!　何処まで愚弄すれば気が済むのかっ」

太郎は、ぎりぎりと歯ぎしりしていた。

傍らにいた侍が、首をひねる。

「そう言えば……兼光様はどういたんじゃろう？」

「ああ、叔父御《おじご》か」

太郎は忌々《いまいま》しげに唾を吐いた。叔父とは元々そりが合わなかったし、あまり頼りにしていなかった。

「叔父御はな、はぐれ馬借についてしらべてみる、などと申し、幾人かつれて、何処ぞへ消えた。それっきりよ。何がしらべてみるじゃ！　奴らは父上の下人を略取し、当家の者を幾人も傷つけ、散々乱暴狼藉《ろうぜき》をはたらき、当家が預かる杣山を今まさに逃げておる。しらべる暇などあれば、追っかけるべきなのじゃっ」

追走していた連中が、何人かもどってきた。

「どうであった？」

「はあ……見失ったにゃぁ」

「こっちも駄目じゃね」

怒りが、獅子《しし》となり、口から躍り出そうになった。

「お前たち――何しておるかぁ！」

唾を飛ばして怒鳴った太郎は藪から擦り傷だらけになってもどった部下に歯噛みして

詰め寄る。

「まあ、まあ、まあ、まあ」

猿ノ蔵人が、間に入っている。

「太郎様。あまり激しく叱責されると……ご家来衆が脅《おび》えてしまい、逆に、憎き賊どもに有利にはたらきます」

「ううむ。そなた何か、良い考えでもあるのか？」

次郎は負傷し、叔父とは連絡が取れず、もっとも経験豊かな老臣が獅子若の礫で重傷を負い、三郎丸も命はあるものの身動きが取れぬため……猿ノ蔵人が、太郎の相談役として、急浮上していた。

「はい。ございます」

深く息を吸った太郎は頭を掻き毟りながら、

「申してみぃ」

隻眼の賊は、言う。

「今、隼という一番の脚を持つ手下に、奴らを追わせています。追いつけばいいのですが、見失う怖《おそ》れもございます」

「うむ」

「もし、見失った場合——奴らが確実に現れる一点で待ち伏せするのが、上策かと思います」

いつの間にか傍らに来た突破法師も重々しく首を縦に振った。

太郎もうなずき、

「そうじゃろうな」

「奴らが確実に現れるのは——安芸の町。安芸にて迎え撃てば……」

「待て待て」

太郎の手が慌てて制す。

「この杣山の検断権は我らに委ねられておるが、安芸の検断権は当然のことながら、安芸摂津守様にある」

検断権——警察権である。

「摂津守様のお膝元で、あまり手荒な真似《まね》はできぬ」

「それでは、こうしましょう。ご家来衆のお手は煩わせませぬ。……我が手の者だけで町の手前で始末します。もし、安芸家のお侍方にとらわれても太郎様の名は、出しませぬ。その代り本懐を遂げましたら約束の倍の褒賞をいただきたく思います。それだけ、体を張る訳ですから」

蔵人は眼火を燃やしながら、提案している。

「お前たちが否定してもだな、あいつらが……はぐれ馬借どもが、この太郎が後ろにいると、言いふらすかもしれぬ」

煮え切らぬ言い方である。

蔵人はすかさず、

「――ではこうしましょう。はぐれ馬借全員を討ち果たし、騒ぎを大きくすることは控えます。獅子若と、末吉、この両名の首、さらに小沼大夫様が懇望されている件《くだん》の過書。この三つだけ獲ってきます」

「なるほど……」

太郎は、興味をしめした。

「獅子若は当家の者を幾人も傷つけた重極悪人。これを、我が意を受けた者が始末するのは……至極当然のこと」

「さらに末吉は逃亡下人にございます」

「逃亡した下人の仕置は、元の持ち主に一任されておる。これを煮ようが焼こうが……持ち主の勝手。いかに、摂津守様といえども、異議を挟みにくい」

蔵人は、相槌《あいづち》を打つ。

「狙いを獅子若、末吉、過書、三つに絞ることにより、万一、我らと太郎様の関りが明るみに出ても、太郎様に批判があつまりにくい形、むしろ、同情があつまりやすい形にする訳です」

「——考えたな、蔵人。妙案ぞ。妙案っ」

太郎は蔵人の肩を強く叩いた。

「全て、お前が申した通りにせよ。安芸の入口で、憎き獅子若と末吉めを斬りすててこい！　そして例の過書をしかと奪ってこい」

「承りました」

「蔵人……そなたほどの知恵者が野に埋もれているのは惜しい。この一件が終ったら、わしの家来になるがよい」

蔵人は突破法師と目を見合わせ、

「……願ってもないことにございます」

＊

ビロウやシュロ、青々しき竹が繁茂する南国的な樹叢《じゅそう》に、赤く澄んだ朝日の帯が幾重にも入り込んでいる。

山雀《やまがら》の囀《さえず》りが聞こえる。

そんな森に、古びた大師堂が建っていた。萱葺《かやぶき》屋根にさらに新しい屋根、苔、シダの屋根をかぶった堂だ。鬼界ヶ島《きかいがしま》に流された俊寛《しゅんかん》が隠れ住んでいそうな趣がある。

大師堂から裏の竹藪へ蛇行する小道には、秋草が茫々《ぼうぼう》に茂り、コオロギどもが鳴いていた。草の中にはマメヅタにびっしり絡みつかれた大きな石がごろごろ転がっていた。

草深き小道を、獅子若たちは歩んでいた。

「もう少しよ」

佐保の麗しいかんばせや黒く豊かな髪には、夜通しの行軍により、埃《ほこり》や枯葉の断片、小さい草の実、植物の綿毛などがくっついている。だが、それらは、佐保をみじめに見せるどころか、その逆の働き――この娘の素朴な美しさを余計引き立てる役割を演じているのだった。

一行に気づいた栗鼠《りす》らしき影が、逃げて行く。

「着いたわ」

佐保が足を止めた。

十阿弥が、首肯する。

獅子若たちの前にはかなり古い小さな祠《ほこら》が建っていた。雑草の群れに、押し潰されそうになっている。

佐保が、馬をつなぐ。

「これが土佐の四大様。去年草刈りをしたのに、もうこんなに草が……」

四大様は――土佐、丹波、越後、武蔵《むさし》にある、はぐれ馬借衆の聖地である。

原則としては年に一度ずつ詣でねばならないと決っているが、あくまでも仕事が優先だ。時には行けぬこともある。そうした場合は、次にその四大様の許《もと》にむかう時に、手厚く供養するのである。

馬をつなぎ終えると、十阿弥は鎌を取り出し皆に配る。

「四大様、こと四大馬頭観音《ばとうかんのん》は特に悲しい出来事や、大きな事故で、大切な仲間たる馬が亡くなった所に建てられた」

一同は、ふてぶてしい面構えをした草どもを刈りはじめる。

「この四大様の謂《いわ》れは？」

姫夜叉が訊ねると、佐保は蜂を払いながら、

「百年以上前、はぐれ馬借衆はここ馬路の杣山で一仕事頼まれたの。代官の畑山様からね」

佐保たちは——小沼大夫の広大な杣山を逃れ、その南に広がる畑山氏が管轄する杣山に入ったのだ。

「腕のいい備前《びぜん》の鍛冶屋がつくった丈夫な斧や、大鋸《おが》、鍬《くわ》や草刈り鎌、山仕事でつかう諸道具を山内にはこんでいた。その日は大雨の後で山の地盤がゆるんでいたの」

佐保のつぶらな目が細められた。

「もっとも、将来を期待された子馬がいた。南部馬だった」

春風が、鯨の臭いを嗅ぐ。鯨は一瞬、面食らったように頰を強張《こわば》らせたが、やがて春風に応えるように、大いなる南部馬の褐色の体に鼻を当てた。

「両親共に強く大きな馬で、子供と思えないくらい体が大きい馬だった」

佐保は続けた。

「土砂崩れが起き——その子馬が積荷と共に巻き込まれたの。世話をしていたのはその時の頭の子供で十一歳だった。あきらめられなかったんだと思う。皆に内緒で雨の中、さがしに行って……遂《つい》にもどらなかった。第二の地滑りが起きたの」

（その子馬と子供を祀《まつ》った祠なのか）

獅子若は鎌を止め、まじまじと小祠《しょうし》を眺めた。

祠は、一つの判断の狂いが、大きな惨劇を起す馬借稼業の苦しさについて語っているようだった。あるいは、馬借の旅路のすぐ傍《そば》にある危うさについて、つたえようとしているのか。

祠周りを綺麗《きれい》にすると獅子若たちは稗や四国稗、僅かばかりの生米を供え、燈明《とうみょう》を焚き、小さな馬頭観音に手を合わす。

獅子若は神仏の功徳を毫《ごう》も信じる性質《たち》ではなかったが、この時は真剣に祈った。無事にこの死地を脱することができるように、昌雲親子を紀伊まで送り届けられるように、と。

馬頭観音を後にした一行は南へ急ぐべく先ほどの大師堂までむかう。

マメヅタに覆われた石を、獅子若は踏む。

「なあ佐保。お前の親父《おやじ》さんは、美濃で……」

「……うん」

「そこには、馬頭観音を祀らねえのか?」

佐保は寂しげな顔で春風を撫《な》でる。

「わたしたちをささえてくれる——馬が斃れた所に祀るものなの」

馬を供養するためのものゆえ、人だけが斃れた所に祀るものではないという。

「だけど……前頭の供養をちゃんとできていないから、近い内に必ず行かなきゃいけないと思っている」

「そうだよな」

大師堂の傍らを通り、雑草が深く茂った原に出た。

——その時である。

太い男の声が山の静寂《しじま》をぶち抜いた。

「はぐれ馬借衆、投降しー! 馬から静かに離れて得物《えもの》はすて。その場で、動かれん。当方はおまんらの心の臓、弓矢で狙っちゅう!」

「…………」

木陰や背が高い草に武士たちが隠れてこちらに弓矢をむけているようだ。

酢のような胃液が、獅子若の喉奥にせり上がってきた。

さっき声がしたのとは違う方角から、

「そこなおんし、青鹿毛《あおかげ》の馬から早くはなれぇ！　そして槍《やり》すて！　さもなくば、心の臓に穴が開くぞ」

獅子若に言葉の矢を放ってきた。

「心臓に穴……？　そいつは、厄介だな」

こちらからは見えぬが、侍たちから当方はしっかり確認できるようだ。

獅子若は短槍を、十阿弥は棒を、仕方なしに放る。同時に獅子若は——印地打ちできそうな石が足下にどれくらいあるか、つぶさにたしかめた。

「てめえら、何処のどなた様だよ」

挑発的に問う。

と、

「小沼大夫が弟、兼光じゃ」

黒い大弓を構えた武士が正面から現れる。鏃《やじり》は、獅子若の心臓にむけられている。

どっと強い山風が吹く。

四方《よも》の嵐が木という木、竹という竹を、根本から揺さぶり、乱舞する舞女《まいひめ》か、大波に弄ばれた小舟の如く、左に右に動いた。

獅子若は兼光の堂々たる面構えに、今までの追手にない、思慮深さを見た気がした。

十阿弥が、慇懃《いんぎん》に言った。

「北の杣山の侍衆が、話しておりました。小沼大夫様は厳しい御方、弟君、兼光様は慈悲深い御方と」

「………」

「その兼光様でございますか？」

十阿弥が一歩、踏み出す。

「動くなと申しておろう。慈悲深いかどうか知らぬが、いかにもわしは兼光じゃ」

――はぐれ馬借についてしらべる、兼光はそう太郎たちに告げ、屋敷を出た。杣人を中心に訊きまわる内、かつて馬路の杣山ではぐれ馬借を頼んだ話、その最中に痛ましい事故が起り、馬頭観音の祠を建てた話を耳に入れたのだった。

ビュービューと唸りつづける山の息吹が、木々を揺らしつづける中、十阿弥は、叫んだ。

「我らは、安芸摂津守様の姫君に婚礼道具を届ける者！」

「聞きおよんでおる！」

兼光の弓は動かない。

「であるならば――我らの言い分を少し聞いていただけませぬか？」

「………」

「我らは、兄君に追われているようですが、何故《なぜ》そうなったのかをお話ししたいのです！」

「その方たちが何を申そうとも、我が甥《おい》を始め当家の者たちを深く傷つけ、大変な乱暴狼藉をはたらいたのは紛れもない事実」

「はい。我らとて、決して望んでそうなったのではございません。その事情をお話ししたいっ」

兼光の唇から、しばし言葉は出なかった。

やがて、

「……わかった。話してみぃ」

十阿弥は昌雲と出会ったきっかけ、その人となり、人買にさらわれた昌雲の子、末吉を救いたいという思い、小沼大夫が見せた義経の過書への異様な興味、末吉の一件と過書の一件が絡み合い、追撃につながって、こちらも身を守るため追手と戦ってきた旨を、淀《よど》みなく語った。

感情的になったり、事実と違うことを話したり、誇張したりすることはなかった。ただありのままを不思議に心に浸み込む声調で、淡々と告げた。

兼光は、硬く黙り込んでいる。

獅子若は自身が礫で戦うより、十阿弥の説得力に任せた方が、上手《うま》く行くような気がした。

末吉が、目を大きく見開きながら訴える。

「兼光様！　兼光様は優しい方や、太郎様や、次郎様や、大夫様と違《ちゃ》う。死んだ赤丸も言うとった。お願いや、見逃してっ」

「――――」

兼光の面持ちに、明らかな変化が見られた。苦しみが走ったように見えた。

「倅《せがれ》は……人さらいにかどわかされ、人商人《ひとあきびと》の船に乗せられたんやっ」

昌雲が吠える。

十阿弥が援護する。

「つまり――不当な商いだった訳です」

人身売買自体はこの時代、広くおこなわれていたが、誘拐した子供を売買することは、明らかに無法者の所業であった。

「だからこの子を紀州に帰らせてやりたいのです。なのに小沼大夫様は……末吉が屋敷にいることを隠された」

昌雲は、泣きわめく末吉を抱きながら叫んだ。

「この子と……この子ともう、ようはなれん！　ほんなこと、ほんなことできやんで――」

顎を引いた兼光の面で青筋が幾本も浮かんでいる。

姫夜叉が、口を開く。ぐんと大人びた静かな眼差《まなざ》しである。

「ちょっと前まで……四条河原《しじょうかわら》に住んでた。都のね」

かすれた声だった。

「お婆《ばあ》さんが一人いた。侍に家族を皆殺しにされたお婆さん」

「…………」

「口癖があった。いつも同じ言葉を繰り返しているの。『侍の刀は、何のためにある？　殺すためか？　奪うためか？』その繰り返し。あたいは、考えた。何で侍は刀を差しているんだろう？　多分それは……守るため、なんでしょ？　あたいらのような野の草同然の者を守るため。

お侍様……兼光様だっけ？」

姫夜叉は兼光の弓矢を指差す。

「あんたの弓や刀――何のためにあるの？」

「…………」

兼光は、硬く瞑目《めいもく》している。

「馬借って……」

その澄み切った静かな声は佐保の方から流れてきた。

「馬借って、足りない所に、ありすぎる所から、ものを持って行く仕事だと思います」

佐保の声が持つ逆らい難い磁力に、皆の魂が引かれる。

「たとえば海は、塩が沢山ありますよね。だけど、山は、塩が足りない。だから海の塩を山に持って行く必要があって、それが馬借です。求められている所に、必要なものを、持って行く。ごく単純なことです。

末吉の村は……末吉がいなくなって傷つきました。昌雲さんや、村の衆は、末吉を求めているんです。他の誰かじゃない。末吉が必要なんです」

「………」

「末吉の魂も村に帰る必要がある。だから、つれて帰らなければなりません。つれて帰るのは――馬借です。ただ、多くの馬借には縄張りがあって、縄張りがないのは、わたしたち、はぐれ馬借だけ。だからわたしたちはこの子を紀州につれて帰ろうと思ったのです。

お侍様……何かわたしは、面妖なことを申し上げているでしょうか？」

面貌を大きく歪《ゆが》ませていた兼光は、突然肩を揺らして笑った。そして、佐保たちを見据え、

「久しぶりに侍の心得を聞かせてもらった。まさか、はぐれ者の馬借におそわると思わなかったが……。そう、まさに、お主らの言う通りじゃ。武門の道は真っ直ぐで明るい大道であるべき。曲がりくねった、暗い道は、何処かが大きく歪んでおる。その当り前のことを……歪みの中にいる内に見失っていたのやもしれぬ。足りぬ所に持って行く仕事が馬借と言ったな？　そうした、世の中の真っ当な流れが滞りなくすすむように守る者が、武士。のう皆の者、そうは思わぬか！」

「左様」

「その通りじゃ」

方々から家来の声がする。

兼光は弓を下ろすと、こちらに大きな背をむけた。そして、数歩、藪にむかってゆっくり歩いてから立ち止る。

逃げろという言葉は——兄への逆意を意味する。

(だから背中で、行け、と語っている訳か)

獅子若は直覚した。

周囲の木立から降りそそいでいた、攻撃的で硬質な視線もやわらいだ気がした。

「おい、佐保」

「……うん」

獅子若が声をかけると佐保は大きくうなずいている。

獅子若と十阿弥が、短槍と棒をひろう。

――矢は、降りそそいでこぬ。兼光は明後日《あさって》の方をむいたままだ。

佐保は、兼光の背中に深々とお辞儀をする。昌雲は仏に祈るかのように目を閉じて合掌した。

獅子若たちは馬どもを連れ、大師堂を後にした。

大分時が過ぎてから、兼光は深く溜息《ためいき》をつく。兄を裏切った訳だが、気持ちは晴れやかであった。

出てきた家来たちに、

「さっき、はぐれ馬借らしきものを見たとして……それは虹の如きものを見たのじゃ。よいな?」

「虹ほど風情があるものでなかったにゃぁ」

「狸《たぬき》に、化かされたんじゃ」

「そうじゃ狸ぜよ」

「ははっ、ははっ」

漆

流動し脈打つ黒く大きい影どもが、空を席巻していた。——暗雲だ。嵐を呼ぶ激しい雲どもが土佐に侵入したのだ。

まだ、雨は降っていないが、強風に殴りつけられた大木どもが悲鳴を上げ、総身をわななかせていた。

太古に芽生えた大楠《おおくす》や化物椎《しい》が根元から断ち切られ、粉々に砕けてすっ飛びそうな風である。

その暴風の中——はぐれ馬借《ばしやく》衆《しゅう》は行く。

兼光に見逃された翌日、獅子若たちは無事に杣山《そまやま》を出た。

今は来《きた》る嵐を怖《おそ》れ人気がない街道を一路南へ、安芸を目指している。

左は稲田だった。

既に刈り取られ稲株がわびしく立ち並んでいた。囀《さえず》り、跳ね動く、群雀《むらすずめ》は見えない。

大樹の懐の内に作られた安全な塒《ねぐら》で、息を潜めているのだろう。

刈田の向うで、竹藪《たけやぶ》が激しくざわついており、そのさらに奥は小高い丘になっていた。右手には、里山がこんもりと迫る。

ゆるやかに蛇行する街道は微高地に囲まれた谷のもっとも右側に作られているのである。

短槍《たんそう》を持った獅子若は、今は鯨を引き、先頭にいる。鯨の背には荷がある。その後ろに重荷を背負った春風、そして三日月がつづき、佐保が傍らを歩いている。

鯨と春風は、土佐ひじきと蛟竜《こうりゆう》の担いでいた荷まで背負っていた。

というのも、二頭の小さい馬は、山岳地の辛《つら》い逃避行に、疲れ果ててしまったのである。

これに気づいた春風はさかんに佐保を鼻面でつついた。そして、土佐ひじき、蛟竜に、幾度も視線を走らせた。

その褐色に澄んだ瞳は、まるで、

『あの二頭の荷を……わたしが担ぎましょう。でないと、くたびれて、死んでしまいますよ』

とでも、言っているようであった。

こうして並外れた体力を持つ二頭に、小型馬がはこんでいた荷を分担させ、一行は旅してきた訳である。

「雨が降るまでに安芸に着きてぇな。もう少し急ごう」

獅子若は、後ろに言う。

道は前方で右に曲がっている。

行く手は、伺い知れない。巨大な節足動物を思わせる常緑樹どもに遮られているのだ。

獅子若は何となく――大風で揺れるそれらの大樹が気になり、眼《まなこ》を光らせた。

佐保が、十阿弥《じゅうあみ》に、

「あとどのくらいかしら」

「かなり近くまできておりますぞ。一里弱で海に出、そこには漁村があります。この漁村から少し西に海岸を行けば安芸の町なのです」

海が近くにあるとは思えぬほど山深かったが、十阿弥が言うのなら間違いない。

一同は少しほっとした顔になった。

昌雲が、末吉を気づかう。

「もう少しの辛抱や。足が痛むか？」

「うんうん、大丈夫」

末吉は無理に笑む。

十阿弥が、言う。

「その漁村の古老は……はぐれ馬借を、覚えておるかもしれません。というのは昔、海が荒れて舟が出せぬ時、塩年貢を土佐の守護所まではこぶ仕事を請け負い、大変感謝されたことがあるのです」

「そうなのね。では、もし大雨が降ってきたら、雨宿りはさせてくれそうねっ」

佐保は皆を元気づけようと明るい声を発している。

しかし、獅子若の注意は——件《くだん》の大木からなかなか離れぬ。

南から、かなり強い風が雄叫《おたけ》びを上げながら吹きつけ、潮の香りが鼻孔を満たした。

節足動物に似た梢《こずえ》で宙を掻《か》き毟《むし》る大樹どもの下を通った。

——特に、襲撃はなかった。

(……気のせいか)

少し行った所で獅子若は振り返る。

「な……」

赤く燃える一条の筋がさっきの大樹から虚空にむかって発せられた。

火矢である。

十阿弥から金礫《かなつぶて》をいくつかわけてもらったため、獅子若の懐中には金礫七つと、道でひろった石が入っている。

「野郎っ」

獅子若は火矢が放たれた樹《き》めがけて――豪速で印地《いんじ》打ちする。

怒りが籠った、金礫が、樹の上に隠れていた何者かに当る。

「ああっ――」

憐《あわ》れな悲鳴と共に少年が街道に落下する。

鯨を佐保に任せた獅子若は、急いで駆け寄った。

足を激しく打った少年賊、隼《はやぶさ》は歯を食いしばり身もだえしていた。

「てめえ、蔵人《くらんど》の子分か！」

「うう……ううっ」

「今の火矢は何だっ。どういう合図だ！」

獅子若が燃えそうな言葉で問い詰めるも、隼は脂汗を浮かべて呻《うめ》くばかり。

湿った強い風が、獅子若のぼさぼさ髪を揺らした。

十阿弥が、横から、

「まだ、子供ではないか」

「餓鬼っ《つ》言ったって、油断できねえ。昔の俺みてぇな悪餓鬼もいるからよ」

「火矢の意味は明らかじゃ。――奴《やつ》らはいろいろな道に人数を伏せ、我らを待ち伏せしておったのじゃろう。まごまごしておると、ここに集結してくるぞ」

舌打ちした獅子若は荒縄で隼をふんじばり、猿轡《さるぐつわ》を嚙《か》ませた。

(荷を背負った馬をどんなに急がせても、たかが知れている。十阿弥が言ってた漁村に着くのと、賊に囲まれるのと、どっちが早い?)

——妙案が浮かんだ。

獅子若は手を、もっとも駿足《しゅんそく》なる馬が担ぐ荷にかけた。

「蛟竜、土佐ひじきは十分楽したはずだ。だからもう荷を背負わせても大丈夫だろう」

最速の駿馬《しゅんめ》、甲斐の黒駒——三日月が担ぐ荷を持ち上げる。

「三日月の荷を、土佐ひじきどもにはこばせる」

土佐ひじき、蛟竜、二頭の南方系小型馬が、ぴくんと耳をふるわせ、つぶらな目を細めた。

佐保が頭をひねる。

「……どういうこと?」

「わからねえかな。全力で急いでも、漁村に着くまでに、賊に囲まれるかもしれねえ」

「そうね」

訳もわからぬまま、姫夜叉と昌雲が三日月の荷を小さい二頭に移す。

「だとしたらよ——縁故がある漁村に、助けを求める早馬を飛ばすに越したことはねえだろう」

「なるほど!」

佐保は目を丸くし、手を叩《たた》いた。

「三日月を行かせる。で、跨《また》がるのは、印地の才覚は乏しいが、馬術に秀でる奴」

「……それがいいわね。……って、わたし？」

佐保の指は自分を差す。

賊に包囲された場合、求められる能力は、印地の腕前だ。その能力は、獅子若、十阿弥、そして四条河原で石合戦に明け暮れる過去を過ごしてきた姫夜叉にある。

一方——神速の駿馬に、鞍《くら》もつけず、最高速度を出させて振り落とされぬには、驚異的な馬術が必要になる。

「お前しかいない」

獅子若のごつい手が、佐保のたおやかな肩に置かれた。

一瞬唇をふるわせ、視線をさ迷わせた佐保は、すぐに面差しを引きしめ、

「——わかったわ」

駄馬用の引き手綱《たづな》を乗馬用の手綱に変え、軽々と三日月に跳び乗る。

「末吉も、つれて行くわ」

一刻も早く末吉を安全な所に逃がした方がいい——佐保の考えが、獅子若につたわった。

「たのむ」

獅子若が末吉を持ち上げ、佐保の後ろに座らせる。

佐保はやさしく、

「いい？　何があっても、わたしの体をはなしたら駄目。わかった？」

末吉は、不安そうに、

「……うん」

昌雲は三日月の上にいる我が子を心配そうに見つめている。

「佐保さん。末吉を、無事に」

大きくうなずいた佐保はきゅっと手綱を引き、

「もし敵が前から来たら、どうすればいいの」

獅子若は言った。

「——突っ込め！　全力で突っ込んでくる三日月を見て、踏みとどまれるような奴は、ざらにいねえ。三日月を信じろっ」

「得心しました。行くぞ、三日月っ」

佐保は三日月の腹を、足で押す。

漆黒の推進力が——土煙を立てて街道を疾駆しはじめた。

(相変らず、凄《すげ》え……)

それは、韋駄天《いだてん》の速さと呼んでよかった。人を二人乗せた黒駒はこれこそ天分とでもいうように、あっという間に小さくなっていく――。

「よし、俺らも急ぐぞ！」

そう叫んだ獅子若に、姫夜叉が、突っかかる。

「急ぐけどさ……。これで佐保姉ちゃんに何かあったら、獅子若のせいだからね！」

「何？」

荷を背負った馬たちの許《もと》に駆け寄ろうとした獅子若は、姫夜叉に顔をむける。姫夜叉はふくれ面で指摘する。

「今のこともそうだし……猿《まし》ノ蔵人だっけ？　あいつらに、狙われるきっかけは獅子若がつくった訳でしょ？」

「………」

「荷物だって勝手にすてちゃうしさ」

「荷物は……届くよ。あいつらは安芸家の子分だぜ」

十阿弥は、苦笑を浮かべる。

「姫がそう言うのもわからんでもないが、お主だって、獅子若がおらねば、小沼大夫の手下に捕われていたかもしれんぞ」

「……まあ……ね」

強風に面《おもて》を顰《しか》めながら、昌雲も言う。

「獅子若さんのおかげで倅《せがれ》は命拾いした、吾《あ》がらは思っちゃる」

姫夜叉から反論は出ない。道に大きな窪《くぼ》みがあったため、獅子若は鯨を引っ張ってかわす。

「とにかく今はよ——何も考えねえで、急ごう。安芸に着いたらよ、お前が好きなだけ喧嘩《けんか》してやるぜ」

その時であった。

暴風に混じって、冷たく荒々しい滴が幾粒か——獅子若の頬を叩いた。

……雨が降りはじめた。


（降りはじめたか）

天が悲鳴と共に流した大粒の涙が、俄《にわ》かにばらばらとぶつかってくるのを感じる。佐保は益々《ますます》疾《と》く走れと、三日月に足でつたえる。

「降りはじめたけど、このまま行くから！　少しの辛抱ね」

末吉、三日月を声高に鼓舞した。

今でも十分速い三日月が速力を高めた。

（そう、まだ行けるよね。三日月——今日はお前の底力を見せて）

街道を抉《えぐ》り、土煙を散し、凄《すさ》まじい勢いで三日月は駆ける。

末吉は必死の体《てい》で佐保の背中にしがみついていた。

雨が、強くなっている。

水気が髪を重くし、艶《つや》やかな瞳に滴が浸みる。歯嚙みした佐保は鋭く前を睨《にら》む。

――滝の中を行くようだ。視界は極端に悪くなった。

降りはじめて、まだほどないのに、道は早くも水浸しになり、蹄《ひづめ》は飛沫《しぶき》を立てていた。

三日月が大きく嘶《いなな》く。

馬の心がわかる佐保には、三日月が、

『このままでは、転んでしまうかもしれない！　雨宿りしないのですか？　それが無理なら、せめてもう少しゆっくり行きたいっ』

こう主張してきたのがわかる。

佐保は、強い声で、

「辛いけど……頑張って！　三日月、貴方《あなた》ならやれる！」

大きく開いた口に大粒の雨が殴り込みをかけてきた。

ずぶ濡《ぬ》れの佐保が目を凝らすと、道は右に急角度で曲がっているようだった。

――前方には篠竹《しのだけ》がうっそりと壁をなしている。

佐保が手綱を巧みに動かすと、大規模な泥飛沫を立てて奔馬は右に曲がった。

衝撃で末吉が、吹っ飛ばされたような気がしたが……大丈夫だ。小さな手は佐保の背をしっかりつかまえていた。

「――――」

行く手の光景が、佐保に衝撃を与える。泥飛沫を噴き立てる濁流となった小川に二枚橋――板二枚を横並べした、お粗末な橋――が、かかっている。

大粒の雨が二枚橋の上で弾《はじ》け、白い火花のようになっていた。

三日月は、飛ぶような勢いで、橋に近づく。

(気づいていない、川にも、橋にも!)

佐保は濁流を跳び越した方が無難か、橋を渡った方が安全か、速算した。

(橋を行く)

足で、小走りになれと、つたえる。

が、三日月は気づかない。全力疾走のままだ――。

水の如《ごと》く落ち着いた心で手綱を引き、両足で押し三日月に圧をくわえる。

(小走りに)

橋のぎりぎり手前で気持ちが通じ、三日月は走力を落とした。

大雨で濡れた二枚橋を……滑らず、わたり切った。

「いいわよっ、三日月」

すぐに道は左にくねったため、佐保は進路を変える。

豪雨に打たれ、泥飛沫を蹴立てながら、獅子若らは小走りに街道を南下している。

風が吹く度に、雨が街道に起す小さな飛沫の群が、左にそそ走ったかと思えば、右に後退《しりぞ》く。

ぐっしょり濡れた髪は、吸着力のある黒い膜となり、顔や首にかぶさってきた。

目を細めても雨水は瞳孔に強引に入り込んできた。

獅子若は、顧みる。

自分と鯨の速度に他の者がついてこられぬようなので、少し歩みを鈍らせる。

左では、田んぼが泥海同然になり、その向うでは竹藪が雨風に揉《も》みくちゃにされていた。

右では、常緑樹どもが、叫び狂う嵐に必死に耐えていた。

瞬間、獅子若は——自分に叩きつけられる雨でない何かを感じた。

猛気だ。

右方、斜め上から、猛気が自分めがけて飛んでくる。直覚した獅子若は素早くかがむ。

——！

でかい石が、獅子若のすぐ上を飛び、雨にぶっ叩かれている泥田に落ち、茶色く激しい飛沫を立てる。

街道沿いの里山から、奴が投石してきたのだと、わかった。

「蔵人ぉっ！」

獅子若は雨も敵もぶっ飛ばすかのように吠《ほ》えた。

末吉を後ろに乗せ漁村めがけて疾駆する佐保――。

前方から、男が数人、走ってくる。

筋金入りの棒を持った僧形《そうぎょう》の大男一人、金剛杖《こんごうづえ》をにぎった強面《こわもて》の山伏《やまぶし》風二人、長巻をかかえた凶相の若者二人だ。

土砂降りを気にせず、猛速で走ってくるこ奴らは、間違いなく敵だろうと佐保は思った。

「どきなさい！」

大喝する。

こちらをみとめた相手は、道をふさぐように広がった。

『――三日月を信じろっ』

佐保の胸で獅子若の声がこだまする。

佐保は、言った。

「行くわよ三日月」

三日月は邪魔立てしようとする五人——勝瑞の突破法師とその舎弟四人——を前に些《いささ》かも足を緩めない。

得物《えもの》を構えた五人がどんどん迫ってくる。

(お願い、よけて)

佐保が思った刹那、賊四名が、

「わぁあ」

「ひぃぃ」

泥飛沫を蹴立てて、左右に逃げた。

だが、突破法師だけは、

「——腑抜《ふぬ》けどもがっ」

進路上に、石像のようにどんと、踏ん張っていた。体勢を低くし、太い棒で三日月の脚を払う構えを見せる。

「跳べ！」

佐保が、叫んだ。

寸刻置かず、桁外れの跳躍力が発揮され——夥《おびただ》しい飛沫が勢いよく散る。

三日月は怒り狂う雨雲にむかって跳んだ。

思わず身を低めた突破法師。

バシャーンという音を張り裂けさせ、二人を乗せた三日月は着地する。

突破法師を跳び越した黒駒は、後ろ脚で思い切りかの賊を蹴った。

「ギャァ！」

背骨をぶち折られた突破法師は水溜《みずたま》りにつんのめる。

佐保が、馬上から顧みると——泥水にうつぶした盗賊は、最早追う力をなくしていた。


二つ目の大石が、獅子若を上から襲ってきた。

蔵人は右手に茂る大樹から大樹へ移動、獅子若を狙い投石してくる。蔵人が片手で投げる石は真《まこと》に大きい。獅子若にはできぬ技だ。速さ、狙いの正確さはさて置き——膂力《りよりよく》において、蔵人は獅子若の上を行っていた。

続け様に二つの石が、獅子若めがけて飛んでくる。

素早くかわした獅子若は舌を巻く。

（あれだけでけえ石をいくつも背負って、よくまぁ、あんなに速く動けるもんだ）

蔵人の位置を見切ろうとする。しかし、里山の樹叢《じゆそう》は全体的に雨風で大暴れしており、蔵人が引き起す樹の揺れなど、その荒々しい大震動に呑《の》み込まれ、一体奴が何処《どこ》にいるか、皆目わからぬのである。

しかも上から殴りつけてくる雨も、天の方向を睨む獅子若には不利で、こちらを見下ろす蔵人には有利であった。

さかんに白く沖《ひ》る街道を、飛沫を蹴散らして十阿弥が、近づいてきた。

「——風の切れ目を狙うべし」

低い一声を発する。

「風の切れ目、ね。言ってくれるぜ爺《じい》さん」

強敵を叩き潰す……歓喜《よろこび》を抑えきれず獅子若は酷薄な笑みを浮かべた。まるで——獲物を追い詰める時の、凶暴な野良犬の面差しだ。

と、街道の右手にある里山の木立から男が五人現れた。

太刀《たち》を構えた三人は行く手をふさぎ、鉞《まさかり》と大鎌を構えた二人は背後に回る。五人とも、ずぶ濡れだった。

——蔵人の手先だろう。

「前の三人は任せい」

言うが早いか——十阿弥が、跳び出す。

右手に棒を持った十阿弥の左手がさっと動く。放たれた小さな金礫数個が、鋭気の流星群となり、前敵三人に降りそそいだ。

面貌で痛撃が弾けた三人はぐっと呻いてたたらを踏んだ。

（まずは、こいつか）

獅子若は、鉞を持った賊に礫を放る。

――――！

鼻が赤い血を噴く火山となり、男は鉞を落とし、顔を押さえた。もう一人の敵はこの惨状を見て踏み込めずにいる。

大粒の雨が、眼に入り、狙いをつけにくい。だが敵も同じであるはずだ。

――刹那。恐ろしい闘気が迫った。

頭上を、あおぐと、ごつごつした大石が――獅子若の脳天めがけ、飛んできた。

一歩退く。

黒い影が高木から高木へと跳び移り、眼前の梢が揺れ動く。

(そこか)

獅子若は金礫を取り出すと、全腕力を込め樹上に投げる。

次の瞬間、くぐもった声がして屈強な男が一人、梢から落ちた。

竹籠を背負った蔵人だ。泥色の水溜りに着地する。その衝撃で大竹籠の両側面にある石の取り出し口から、大石が三つ転がり出た。

金礫を食らった下腹を押さえ、怨《うら》みの白熱が滾《たぎ》った隻眼でこちらを睨みつけている。

豪雨がむき合う二人のますらおを打ち据える。

ごつい顎から滴を垂らしながら、獅子若は、

「修業したんだってな、俺を潰すために」

「ああ」

「その成果が……いま一つ見えねえな、蔵人ぉ」

獅子若は、暗い笑みを浮かべて挑発する。

――怒りが蔵人の相貌を歪《ゆが》ませた。

背後では十阿弥が三人の男を杖で薙《な》ぎ倒し、姫夜叉と昌雲が大鎌を振り上げて突進してきた男の面に投石している。

また、大風が吹き、白く沖る小さい飛沫の群れが、生き物の如く移動する。

男が、沼のような水溜りに足をとられ転がった。鎌を手から離した。

さっとそれをひろった姫夜叉は――刃でない方で、賊の頭を殴った。

「あっあぁ……。こ奴っ」

苦悶《くるしみ》の声が雨音に混じった。

「えいっ！」

もう一度、姫夜叉が打ち据えると、男は白目を剝《む》いて気絶した。

獅子若は相手に、

「お前だけになったぜ」

蔵人は、目をギロリと、辺りに走らせる。

(恐らく蔵人の野郎……安芸にいたる道筋に、もっと人数を伏せていやがったな。だけどよ、この雨でこられねんだろう)

十阿弥が獅子若と、蔵人を挟み撃ちにするような形で、金礫を構える。獅子若はまだ何もにぎっていない。

「残念だったな。烏合《うごう》の衆は、何処までも烏合の衆ってことよ」

土砂降りの雨に揉まれながら蔵人は、歯を剝く。

「……そうかな？」

蔵人が、刹那で動いた——。一瞬で身をかがめ、さっき転がった大石をひろおうとする。

獅子若は反応する。

猛速度で金礫を出し、放つ。

「——っ」

鉄の旋風は石に伸ばした蔵人の手の甲で、血を炸裂《さくれつ》させた。歯嚙みした蔵人はこちらにむき直る。印地の戦いをあきらめた蔵人は、左拳を上げ、飛沫を立てて、突っ込んできた。

獅子若もまた両拳で迎え撃つ。

蔵人の拳をかわした獅子若は、右拳で蔵人の腹を鋭く抉った。

蔵人はひるまぬ。血だらけの右拳で——獅子若の頬を打ち据える。血と、雨滴と、唾が、ビュッとしぶいた。

意想外の攻撃だ。

獅子若は数歩後退りする。

蔵人の左拳をかわす。蔵人がよろけた処《ところ》を鳩尾《みぞおち》に蹴りを入れる。

体を屈《かが》め尺取虫のようになった。そこを再び、蹴った。

蔵人は数間《けん》吹っ飛び、泥の飛沫を散乱させて、仰向《あおむ》けに崩れた。

疾風の如く飛びかかった。馬乗りになり、めった打ちにする。

蔵人の面は瞬く間に血みどろになる。最早、些かの抵抗力も示されない。

獅子若は蔵人の隻眼に指を突き入れようとした。

何者かの手が止めた。

十阿弥であった。

厳しい声で、

「——止《や》めい。獅子若」

「——！」

言葉にならない声を発しながら獅子若の中で、はぐれ馬借としての己と、野獣になりそうな自分が、せめぎ合う。

血だらけになった蔵人は白目を剝き、赤い泡を噴くばかりである。

姫夜叉が、青ざめた顔で言った。

「もう十分だよ。……それ以上やったら、その人、死んじゃうよ」

深く息を吸い馬たちを見やる。

鯨は厳しい面差しで、敵襲がないか厳戒している。春風は悲しそうな目でこちらを黙視していた。その眼差《まなざ》しは、倒れた蔵人に注がれていた。

振り上げた拳を、蔵人のすぐ傍らの水溜りに叩きつけると――獅子若は立ち上がった。

＊

編笠《あみがさ》、蓑《みの》をかぶった漁村の男たちをつれて駆け戻る佐保は――泥だらけになった獅子若たちが前からやってくるのをみとめた。

「無事だったの……」

涙の熱さが佐保の頰を落ちる。

獅子若はごつごつした顎を、僅《わず》かにかしげて、

「無事っ言《つ》っていいのかな？」

猿ノ蔵人、勝瑞の突破法師ら盗賊たちは、屈強な漁民たちに悉《ことごと》く捕われた。

捌

松やビロウがそよぎ大海原を借景とした広い庭に筵《むしろ》がしかれていた。

東土佐の大領主、安芸摂津守の屋敷である。

昨日の大雨が、池の如《ごと》き水溜《みずたま》りを庭のそこかしこに残しており、不定形の鏡となったそれらは、空に浮かぶ雲をうつしていた。

空は昨日の大騒ぎが嘘《うそ》のような落ち着きを取りもどしていたが、庭の一隅には倒れた木や飛ばされてきた雑物を片づける下人の姿がある。

食い違う二つの話が、摂津守を迷わせていた。

今朝、はぐれ馬借《ばしやくしゆう》衆と小沼大夫が嫡男、太郎は、名高い木地師、雄熊大夫《おくまだゆう》がこしらえた婚礼道具を持ってきた。伊予の豪族に嫁ぐ愛娘《まなむすめ》が、質素倹約の精神を忘れぬよう、特に白木で作らせたものである。勿論《もちろん》、腕利きの蒔絵師《まきえし》を勝瑞から招き、金蒔絵、銀蒔絵の道具をこしらえさせていたが、純朴な古武士を畏敬する摂津守は、それとは別に雄熊大夫に注文していた訳である。

この道具をはこんできた両者の話に齟齬《そご》が見られる。

はぐれ馬借衆は、庭に敷かれた筵に座っている。

その言い分は、こうだ。

「小沼大夫様に一晩泊めていただきました。大夫様のお屋敷に……これなる昌雲が一子、人さらいにかどわかされた末吉が、売られてきていました。末吉はこの子です。大夫様の侍が末吉を斬ろうとしたため、助け出し、連れ去りました。末吉は父親と故郷の紀州で暮すべきと思ったからです。大夫様はそのことを深くお怒りになったようです。さらに、我らが持つ諸国往来自由の過書《かしょ》に深い関心を示されて、侍や、無頼の者を差し向け、我らを討ち、過書を奪おうとされました。その無頼の頭目がつかまった猿《まし》ノ蔵人《らくらんど》です。逃げる途中、大夫様の御家来衆を幾人か傷つけましたが、身を守り、荷を無事に届けるため。ただ、追手の襲撃で、荷の一部を置いて行かざるを得ず、太郎様が持ってこられたのはその荷物です」

摂津守と同じ部屋の中、畳に座った太郎は、

「山林代官・小沼大夫が嫡男、太郎にございます。久方ぶりにお目通り叶《かな》い……恐悦至極にございます。今、この者どもが申したことには、真《まこと》もあり、嘘もございます。まず当家としましては、安芸様の屋敷に荷を届けるこの者たちを存分にもてなしました。末

吉は父が正当な対価を払って買い求めた下人。この者の働きに行き届かぬ処《ところ》があり、叱っていた処を……それなる大男、獅子若が、当方の侍を傷つけ、末吉を不当にさらっていった訳でございます。末吉を取りもどすべく当家がつかわした者たちは、我が弟を始め多数が深手を負わされ、殺されたりしました。また、無頼をやとったということはありませぬ。過書というものも今初めて聞きました」

　摂津守は訊《たず》ねる。

「では……昨日、この地で捕縛された追い剝ぎらしき者ども……そなたは一切面識がないと申すのじゃな？」

「はっ」

　堂々と答える太郎だった。

　太郎の受け答えは、獅子若をあきれ顔にさせ、十阿弥《じゅうあみ》の眉をぴくりとふるわし、姫夜叉の鼻に小皺《こじわ》をきざませ、佐保のかんばせに怒気を浮かばせた。昌雲親子は面差しを硬くしてうつむいていた。

「末吉とやら」

　安芸摂津守は、末吉に扇をむける。

　末吉はたじろいだ表情で見上げる。

「この者が言ったことは、真か？」

末吉は石地蔵のように押し黙っていた。

佐保が、うながす。

「……末吉」

太郎が、にんまりと笑む。

顔を上げた末吉は――首を大きく、横に振った。

「嘘や。裏山で、斬られる処やった」

「貴様ぁ！　下人の仕事が嫌で、口から出まかせを申しておるのであろう！　この場で虚言は許さぬぞっ」

怒りを爆発させた太郎は、荒々しく立ち上がる。

と、老いた武士が一人、摂津守に歩み寄り、何事か耳元で囁《ささや》く。

摂津守の相好は見る見る硬くなった。

老武士が退出すると、

「のう太郎」

「はっ」

「今、一味の一人が責め苦に耐えかねて吐いた処によると……彼らの首領は猿ノ蔵人、勝瑞の突破法師、伊予の血の池弁天、竜王山の鷲五郎などで、蔵人と突破法師は今、牢《ろう》におるそうじゃ。鷲五郎は、馬に踏み殺されたとか。この盗人《ぬすびと》どもの名に心当りは？」

「……いえ。何分山暮しなゆえ、世情に疎い処もあり……」

「そうか。猿ノ蔵人、畿内近国から流れてきた者であるようじゃ。荒々しい賊働きを得意とし大きな商家や富裕な農民が、一家皆殺しの憂き目に遭うような一件の後ろに、必ずこの男がおると噂《うわさ》されておった。勝瑞の突破法師。……勝瑞の何処《どこ》かの寺の僧だともいう。その噂が真か嘘か知らぬが、真であれば、天下無双の悪僧よの。何故《なぜ》なら、突破法師は筋金の入った棒で一打ちに人を屠《ほふ》る。この二十年、四国でかの棒で殴り殺され金《きん》子《す》を奪われた者は……七十二人を数えておる。全て突破法師の凶行なら――七十二人殺しということになる」

「……あっ……はあ……。全く聞き覚えのない名にござる！」

「血の池弁天。この名は知らぬ。ただ、蔵人、突破法師に匹敵する賊であろう。鷲五郎は悪名高い山賊でこ奴に谷に突き落とされ犠牲になった者は数知れぬ。真に聞き覚えはないか？」

　摂津守は念を押す。

　太郎は、自信たっぷりに、

「はいっ、とんと覚えのない名にござる！」

「しかし、太郎。今白状した者は……蔵人、突破法師はそなたにやとわれ、そなたの命ではぐれ馬借を襲ったと話しておるのじゃ」

太郎は目を白黒させ、顔を真っ赤にして、唾を飛ばした。

「いやいや、それは何か――」

「あくまでも、はぐれ馬借が嘘をついていると？」

「――はい。奴らはとんだ透波《すっぱ》、食わせ者です！」

太郎は摂津守にいざり寄り、

「摂津守様！　当家は、鎌倉右大将殿の頃より……安芸家に御奉公して参りました！　先祖伝来の譜代《ふだい》たる太郎と、この流れ者ども。どちらをお信じになるのですかっ」

「そこまで申すならそなた、今、話に出た者どもの前で、同じことが言えるか？」

「勿論ですとも」

即答した太郎だったが、摂津守の家来が牢にむかうと強髭《こわひげ》をさかんに撫《な》でさすり、幾度も座り直すなど、落ち着かぬ様子であった。

逞《たく》しい侍どもが、縄でしばられた蔵人、突破法師、隼《はやぶさ》を引っ張ってくる。

獅子若の打擲《ちょうちゃく》で、蔵人の面貌は赤紫に腫れ上がっていた。突破法師は歩く度に、痛みの矢に貫かれているようだった。がんじがらめにしばられた隼は足を引きずりながらも不敵な表情で辺りを見まわしていた。

三人が引き据えられると、摂津守が、問う。

「隼とやら、これが蔵人、これが突破法師で間違いないな？」

「……ああ」

「この者たちは太郎にやとわれ、はぐれ馬借を襲ったのじゃな？」

一瞬、間がある。

やがて、隼は——首を縦に振った。

蔵人は隼を鋭く睨《にら》み、突破法師はあきらめたかのような笑みを浮かべる。

（こ奴、取引を持ち出され全てをぶちまけたな）

獅子若は思う。

太郎が、

「貴様……おのれっ」

「黙れ！」

一喝をぶつけた摂津守は、草履をはいて庭に降りる。怒りが摂津守の血液をふつふつと沸かす音が、獅子若の耳に聞こえてきそうだ。つかつかと賊どもに歩み寄ると、

「蔵人、突破法師。何か申すことはあるか？」

蔵人は——何も答えなかった。全てを墓場まで持ってゆくという重い沈黙である。

対して突破法師は、からりとした声を発している。

「もうあかんわ、義兄《あにい》。わしは七十二人殺しということで斬られるんじゃろう。義兄も、

同じじゃろう。ほなけん……もう要らざる申し開きなどせん。いかにも、我らは盗賊！　そして、此度《こたび》のことは、そこで青くなったり赤くなったりしておる太郎に命じられてしたことじゃ。ぐわはっはっはっはっはっ！」

摂津守は、叫ぶ。

「猿ノ蔵人、突破法師は――安芸の町を引きまわして打ち首！　隼は、島流し。他の賊は罪状に照らし合わせて斬るか流せ。また、近くにおると思われる血の池弁天は精兵を繰り出し追捕《ついぶ》せよ！」

「ははっ」

侍たちが賊たちを引っ立ててゆく。

摂津守はきっと、太郎にむく。

青ざめた太郎はさかんに目をしばたたかせ身を縮ませている。

「こ奴らがそこまでの痴《し》れ者とは……露ほども知らず……」

「痴れ者どころではあるまい！」

――摂津守の怒気は、燃えつづけている。

慌てた太郎は、腰を浮かす。

「おいっ……お前ら。はぐれ馬借っ。我らはお前らに、いや貴殿らに旨《うま》い夕餉《ゆうげ》を馳走《ちそう》したよなぁ？」

獅子若はふっと笑い、

「あまりあんたに、世話になった覚えは無《ね》ぇんだよ。追いかけられた覚えしかな。それに、お世辞にも旨い飯……、とは言えない飯だったぜ？　腹の調子が悪くてよ……ちゃんと、喰《く》ってねぇんだよ」

佐保が、背筋を伸ばした。

「ただ、兼光様にはお世話になりました。我らを追うという大夫様の方針に異論がある様子で、山中で見逃して下さいました」

摂津守が太郎に、

「不届き者め！　本来であれば、厳しく咎《とが》める処であるが……代々当家に奉公してきたことと、賊とは知らなかったという言葉を鑑み、三ヶ月間の蟄居《ちっきょ》を申し渡す」

「……ははぁ」

「小沼大夫に、下人下女の使役に十分心をくばるようつたえよ。些細《ささい》なことで斬ったりすることは言語道断であるし、不当にかどわかされた者を人商人《ひとあきびと》から安く買うことも、固く禁ずる。そなたの軽率さと、小沼大夫のあまりの厳しさが、此度の一件につながった気がする」

「摂津守様、それは……」

太郎の顔が青くなる。

「故に、かの杣山の北半分の代官権をそなたら親子から召し上げ——兼光に委ねることとする！」

「…………」

「何か、異存はあるか？」

「ございませぬ……」

肩を落とした太郎は、わななないていた。

賊どもに下った厳罰に比べ、小沼大夫親子への叱責が手ぬるい気がしたが……安芸家の巨富は、小沼大夫らの働きにささえられたものであることを考えれば、

（こう落ち着くんだろうな）

と、獅子若は思った。勿論、一種の苦みが胸底に残る。

摂津守が獅子若たちの前に立った。

「はぐれ馬借衆と昌雲、末吉。我が家中に……心配りがいたらぬ者どもがおり、大変な心痛、苦しみを与えたようじゃ。その者どもに代り、わしがお詫《わ》びしたい」

深々と、頭を下げた。

獅子若たちは摂津守から、旅の疲れ、傷が癒えるまで好きなだけ安芸でゆっくりしていくがよいという言葉をもらう。また、件《くだん》の火事も隼の仕業とわかったため、阿波の山村に早馬をつかわすと語った。

——蒼《あお》き潮風がはぐれ馬借に吹きつける。胸いっぱいに広がる潮の香は、摂津守の話を聞く獅子若を、あらたなる旅の方に引っ張るのであった。


三日後。八月十九日。

瑠璃《るり》が一面に広がるという薬師の浄土を思わせる青い世界が、右手に広がっている。大海原だ。

カモメが頭上で鳴いている。ヒトデや藻《も》の塊が、砂浜に転がっていた。やわらかな白砂を馬が踏む度に小さな窪《くぼ》みが生れる。その窪みを、浜に打ち寄せる白い泡が浸してゆく。

潮騒を聞きながら獅子若は、末吉に、

「もうあと幾日かで、紀州に帰れるからな」

「うんっ」

元気いっぱいの答が、返ってきた。

——はぐれ馬借衆は人商人に引き裂かれた親子を紀伊に帰す旅に早くも踏み出したのだった。

＊

同日、東坂本の西、日吉山王社《ひえさんのうしや》で鉄のように堅い一味神水《いちみしんすい》の取り決め——決して裏切らぬ、単独で幕府と交渉しないなど——を交わした茶木大夫率いる坂本馬借は、穴太《あのう》を抜け、大津に入った。

そこで大津馬借衆と合流している。

数百頭の駄馬に跨《またが》った屈強な一団は、逢坂山《おうさかやま》に差しかかった。

逢坂山——東海道上の小山で、京と大津の間に位置する。王朝の昔、蟬丸《せみまる》という琵琶《びわ》の名手が暮した山で、諸国の当道者と関《かかわ》り深い蟬丸神社が建つ。

蟬丸神社に俄《にわ》かに馬借数百名が現れ一斉に参拝すると、当社に詣でていた琵琶法師たちはどよめき立った。

蟬丸神社を後にした馬借衆は、八木屋《はちぼく》と対決すべく、京を目指す。

先頭には平五郎の姿があった。

この時、平五郎は自分たちの動きが……あまりにも巨大なうねりを天下に引き起こすことなど、知る由もなかった——。

引用文献とおもな参考文献

『図説　高知県の歴史』　山本大編　河出書房新社
『図説　徳島県の歴史』　三好昭一郎・高橋啓編　河出書房新社
『日本の馬と牛』　市川健夫著　東京書籍
『図説　日本の馬と人の生活誌』　山森芳郎・有馬洋太郎・岡村純編著　原書房
『日本の歴史12　室町人の精神』　桜井英治著　講談社
『室町戦国の社会　商業・貨幣・交通』　永原慶二著　吉川弘文館
『中世寺院社会と民衆　衆徒と馬借・神人・河原者』　下坂守著　思文閣出版
『中世のみちと物流』　藤原良章・村井章介編　山川出版社
『はじめての乗馬　ベーシック入門』　千葉幹夫監修　高橋書店
『図説　馬の博物誌』　末崎真澄編　河出書房新社
『歴史群像シリーズ㊲〔応仁の乱〕日野富子の専断と戦国への序曲』　学習研究社
『農家が教える　雑穀・ソバ　育て方・食べ方　アワ、キビ、ヒエ、アマランサス、シコクビエ、モロコシ、キノア、ハトムギ、ソバ』　農文協編　農山漁村文化協会
ほかにも多数の文献を参考にさせていただきました。

解　説

三田主水

　この数年、出版界では室町《むろまち》ブームともいうべき現象が起きています。わかりやすく良質な研究書の刊行、それらにより複雑怪奇に見えた歴史の流れの面白さが再確認されたこと等、理由は様々に考えられますが、これまで熱心な歴史愛好家以外には馴染《なじ》みの薄かった室町時代が、一転して広く一般の読者層の注目を集めるようになったのは、一つの事件と言ってもよいかもしれません。当然その波は歴史小説の世界にも及び、『室町無頼』（垣根涼介）をはじめとした新作、あるいは『妖櫻記《ようおうき》』（皆川博子）のような過去の名作の復刊に繋《つな》がっていると言えます。

　そして本作『はぐれ馬借《ばしゃく》　疾風《しっぷう》の土佐《とさ》』こそは、この現在進行形の流れの最新の成果――『駒姫《こまひめ》　三条河原異聞《さんじようがわらいぶん》』『敗れども負けず』で歴史小説界の注目を集める作者が、室町中期の正長《しょうちょう》元（一四二八）年を舞台に、混沌《こんとん》の時代を自由に往来する「はぐれ馬借」たちの活躍を描く痛快な物語の第二弾なのです。

物語の主人公は、比叡山領坂本《ひえいざんりょうさかもと》で馬借（運送業者）を営んでいた青年・獅子若《ししわか》。身の丈六尺強の並外れた体軀《たいく》と凜々《りり》しい顔立ちの持ち主である彼は、印地《いんじ》（石投げ）の達人として、命懸けの勝負で幾度となく勝利を収めてきた剛の者です。そんなある日、比叡山の有力者の娘と出会った獅子若は彼女と想《おも》いを通わせ合うようになるのですが、身分違いの恋によって彼女の父の怒りを買い、坂本から追放されることになります。あてどない放浪の中で獅子若が出会ったのは、先達《せんだつ》が源　義経《みなもとのよしつね》に過書《かしょ》（通行許可証）を与えられたという、諸国往来御免の「はぐれ馬借」の面々。そして獅子若は、ある依頼の途中に前頭領を失い、苦しい旅を続ける彼らに手を貸したことがきっかけで、その一員に加わることとなります。敵であっても命を奪わないというはぐれ馬借の掟《おきて》に戸惑いつつも、獅子若は前頭領の娘の美少女・佐保《さほ》、馬医の翁《おきな》・十阿弥《じゅうあみ》、新たに仲間となった元盗賊の少女・姫夜叉《ひめやしゃ》とともに、様々な冒険を繰り広げることに……。

そんな前作を受けて描かれる本作は、獅子若たちが鳴門《なると》海峡を越え、四国に入る場面から始まります。流された橋を直すための勧進の旅をしてきた雲水《うんすい》を護衛し、阿南《あなん》（南阿波《みなみあわ》）を訪れたはぐれ馬借の一行。無事仕事を終え、土佐に向かうこととなった一行に、雲水の一人・昌雲《しょううん》が同行することになります。実は何者かに拐《かどわ》かされた子を探すために僧となったという彼を快く一行に加えた獅子若たちは、途中立ち寄った木地師《きじし》の里で土佐の有力国人《こくじん》・安芸《あき》家の姫君の嫁入り道具の輸送を依頼され、順調に旅が進むかに見えたのですが――しかし、宿を借りた先で火付けの疑いをかけられ、自らの手で下手人を捕らえなければならない羽目になります。さらに、昌雲の子を探して立ち寄った土地の代官・小沼大夫《こぬまだゆう》から義経の過書を売るように執拗《しつよう》に迫られ、ついには荷と命までも狙われる一行。それどころか、かつて獅子若に印地打ちで片目を奪われ、復讐《ふくしゆう》を誓う凶賊・猿《まし》ノ蔵人《くらんど》が仲間の盗賊たちを集めて一大連合を結成、標的が一致した小沼大夫と手を組んで獅子若たちを追い詰めます。己の命を、荷を、そして誇りを守るため、土佐の山林を舞台に、自分たちの数倍の数の敵を向こうに回して死闘を繰り広げる獅子若とはぐれ馬借の運命や如何《いか》に!?

前作が連作短編的な構成であったのに対し、一冊丸ごと長編エピソードが展開される本作。それだけスケールアップした人物描写とアクションが、その魅力の一つといえます。特に獅子若をはじめとする登場人物たちの多くが操る印地打ちは、弓矢を除けばこの時代唯一の飛び道具。そして遣い手たちがそれぞれ様々な秘技を見せることで、数多くの敵との乱打戦、あるいは強敵との一対一の決闘など、これまでの時代小説になかったようなスピード感と緊迫感に溢《あふ》れた戦いが展開することになります。さらにはぐれ馬借たちの旅を助ける馬たちも、前頭領の馬であり今は獅子若を乗せる巨大馬・鯨《くじら》、反対に体は小さいものの山林の中では無類の機動性を発揮する姫夜叉の相棒・土佐ひじきなど、実に頼もしく個性的です。そんな彼らがはぐれ馬借の欠かせない仲間として、移動に戦いに大活躍するのも見どころの一つとなります。飛び道具での決闘、そして馬を交えたアクションというと西部劇が浮かびますがまさにその通り。本作は室町ウェスタンとも呼ぶべきアクション活劇なのです。

しかし本作の魅力は、こうした活劇としての面白さに留《とど》まりません。本作の根底に存在するもの――室町時代の社会情勢とその中での人々の生き様が、物語に他の作品とは大きく異なる味わいを与えているのです。

本作においては、「庶民」のためにその力を尽くす姿が中心に描かれるはぐれ馬借。橋の修復を心待ちにする村人たち、丹精込めて己の作品を作り上げた木地師、そして己の子を探し求める昌雲――彼らはいずれも、自分だけではその仕事を、願いを全うするだけの「力」を持ちません。そんな彼らを助けるのが、はぐれ馬借なのです。一方、はぐれ馬借に敵対する者たちはどうでしょうか。代官としての「財力」や「権力」によって使用人たちを虐げ私腹を肥やす小沼大夫、遮る者たちは全てその「暴力」で血祭りに上げ財貨を奪う猿ノ蔵人――彼らはいずれも、強大な力を持ち、それを己のために振うことに躊躇《ためら》わない者たちです。

「力」を持つ者と持たぬ者――その間に働くのは、弱肉強食とも言うべき関係性であり、そしてそれは裏を返せば強烈な自助努力、自己責任の論理であると言えます。物語の中で描かれる戦いの数々も、そんな室町時代の社会の在り方が生み出したものと言うこともできるでしょう。しかし、この物語は、「力」との対決を描くだけのものでは決してありません。主人公である獅子若の姿を通じて、さらにその先にあるものを、あるべきものを求める物語なのです。

そもそも獅子若自身は決して無力な男ではありません。それどころか単純な「暴力」という点においては、物語でも有数の持ち主といえます。しかしこの世界には、そんな彼の力を以《もっ》てしても及ばぬ者が無数にいます。それは物語の冒頭――彼が坂本を追放されるに至ったのが、有力者の「財力」「権力」の前に、屈服せざるを得なかったことからもわかるでしょう。そしてそれは彼に限ったことではなく、小沼大夫も蔵人も、やはり自分たちを上回る「力」の前には屈するほかないのです。

それでは己を上回る「力」の持ち主を前にした時、人は如何に振る舞うべきなのでしょうか。その前に屈し、唯々諾々《いいだくだく》と服従するのか？　あるいはその下で自分の力を、自分がそうされたように他者に振るうのか？　獅子若が第一の道を選ぶはずはありません。そして弱い者虐《いじ》めを決してよしとはしない彼が、第二の道を選ぶはずもないのですが――しかしここで彼の中に起こる種のゆらぎを描くのが、本作の見所なのです。

そう、弱い者が強い者に踏みにじられる世の中に強く反発しながらも、しかし自分もその枠の中でしか生きられない――獅子若が抱えるそんな鬱屈した想いが、時として過剰な暴力性として噴出しかける姿を、本作は描きます。力を持たぬ者を踏みにじってはならない。それでは力を持つ者が相手であれば、そして自分たちに害をもたらそうとする相手であれば、力を振るうことは許されるのではないか？……それは一見もっともに感じられます。しかし結局それは、獅子若自身が忌み嫌う世の中の則《のり》に従っているということではないのでしょうか。蔵人がかつて獅子若に印地打ちで傷つけられ、それが元で賊に堕《お》ちたという設定は、それを象徴するものと言えます。

それではどうするべきなのか？　本作はその答えを、はぐれ馬借たちの姿を通じて無言のうちに示します。縛られることなく縛ることなく、傷つけられることなく傷つけることなく、人が人として己の生を生き、互いを支え合う自由の道――第三の道を。もちろんそれは容易《たやす》いものではありません。彼らもまた、襲われれば力を以て応じるほかなく、そもそも義経の過書という一種の特権を持つからこそ、土地に縛られることなく自由な旅を続けることができるのですから。それでも、人は力の使い方を学び、そして他人を通じて世界を広げることができる――それは理想論に過ぎないかもしれませんが、しかし人が人として望ましい生き方をする上で、欠かせない第一歩といえます。

冒頭に室町ブームについて述べました。いくつかその理由と考えられるものを挙げましたが、実はその理由の最たるものは「室町時代が、今我々が生きるこの時代に似ていると感じられる」ためではないでしょうか。一見豊かな社会であっても、それまでの規範が崩れ始め、自己責任が第一に問われる時代――その点において、室町時代と現代は重なっているのではないか、と。だとすれば、室町を生きる獅子若は、現代を生きる我々の分身であり、そしてその彼が望ましい生き方を求める本作は、我々にとっても大きな意味を持つものだといえるでしょう。実はこれまで作者はほとんど一貫して、優れた「力」を持ちながらも強固な社会の壁の前に苦しむ者、あるいはそれを乗り越えて人としてより望ましい道を歩もうとする者の姿を描いてきました。本作は室町という混沌の時代を舞台とすることにより、その視点をこれまで以上に先鋭化した物語なのです。

そしてこの『はぐれ馬借』という物語はまだ終わりません。本作において、獅子若の旅と並行して描かれる挿話――京へ米を輸送する近江《おうみ》の馬借衆と、米の買い占めを目論《もくろ》む商人との対立。それはこの先、ある有名な歴史的事件に繋がるものと思われますが――作者のこうした視点を通じて、それが如何に描かれるのか。引き続き目の離せない物語になることは間違いありません。

（みた・もんど　文芸評論家）

集英社文庫

はぐれ馬借《ばしゃく》 疾風《しっぷう》の土佐《とさ》

2018年 9 月25日 第 1 刷 定価はカバーに表示してあります。

著 者 武内《たけうち》 涼《りょう》

発行者 村田登志江

発行所 株式会社 集英社

東京都千代田区一ツ橋2-5-10 〒101-8050

電話 【編集部】03-3230-6095

【読者係】03-3230-6080

【販売部】03-3230-6393(書店専用)

印 刷 大日本印刷株式会社

製 本 大日本印刷株式会社

フォーマットデザイン アリヤマデザインストア マークデザイン 居山浩二

ISBN978-4-08-745792-6 C0193